도항

도항

초판 1쇄 발행 2025년 7월 10일

지은이 조갑상
펴펴낸이 강수걸
편집 강나래 이선화 이소영 오해은 이혜정 한수예 유정의
디자인 권문경 조은비
펴낸곳 산지니
등록 2005년 2월 7일 제333-3370000251002005000001호
주소 부산시 해운대구 수영강변대로 140 BCC 626호
전화 051-504-7070 | 팩스 051-507-7543
홈페이지 www.sanzinibook.com
전자우편 sanzini@sanzinibook.com
블로그 http://sanzinibook.tistory.com

ISBN 979-11-6861-487-1 03810

* 책값은 뒤표지에 있습니다.
* 잘못 만들어진 책은 구입처에서 교환해드립니다.

조갑상
소설집

도항

산지니

차례

도항 7
그해 봄을 돌이키는 방법에 대해 39
1972년의 교육 67
이름 석 자로 불리던 날 113
여러 노래가 섞여서 149
두 여자를 품은 남자 이야기 183
현수의 하루 221

해설: 사유하는 삶과 소설의 방법—조갑상론
　_구모룡(문학평론가) 253
작가의 말 270

도항

1

구명정과 고무보트들이 모선에서 떠나갔다. 바다가 잔잔해서 노질이 속도를 내고 있었다. 갑판에 모여 조금씩 멀어지는 구명정들을 바라보고 있는 사람들의 마음은 어수선했다. 승객들을 두고 선원들이 떠나고 있으니 온갖 생각을 다 할 수밖에 없었다. 김상구와 회사 사람들도 그랬다.

불안은 갑판에서 쪽잠을 자다 깬 둘째 날 아침부터 시작되었다. 이틀 밤낮을 달린 배가 여태 육지를 옆구리에 끼고 있었다. 첫날에는 그게 항로일 수도 있겠다 싶었지만 지금은 아니었다.

"이렇게 남쪽으로 주욱 내려가다 거기서 현해탄을

건너나?"

"배는 직선으로 가야 맞지. 기름도 아끼고."

"그렇지. 속도가 늦다 해도 지금쯤은 바다 한복판으로 나와야지."

"그나저나 전쟁이 끝난 판에 항복한 나라에서 이리 큰 배를 출항시켜도 되나? 하늘에 비행기는 안 보이지만 그런 생각도 드네."

"미군 비행기가 어쩔까 싶어서 무섭나? 그런데 막상 그 말 듣고 보니 우리 배만 출항한 것 아닌가 걱정도 된다. 이때까지 다른 배는 한 척도 못 봤잖아. 이런 얘기도 배 타기 전에 해야지 지금 하면 뭐 하냐만."

그런 말이 오가는 동안에도 배는 줄곧 같은 방향으로만 가다 오후 늦게는 좌우로 육지가 보였다. 배가 양쪽으로 육지를 끼고 간다는 것은 바다가 해안선에 둘러싸였다는 소리인데 처음 보는 곳이었다. 모두가 도항을 해보았기에 이곳이 부산은 물론 시모노세키도 아닌 낯선 곳이라는 건 한눈에 알 수 있었다. 갑판이 다시 수런거렸다. 출항할 때만 해도 주된 관심사는 승선 인원과 부산항 도착 날짜였지만 이젠 배가 제대로 가고는 있느냐, 단 하나였다.

해안선이 가까이 나타나면서 선원들도 가끔 보여 승객들이 그들에게 물었다.

"여태 일본이지요? 왜 부산으로 바로 안 가요?"

모른다고 외면하는 선원들이 대부분이지만 어떤 이들은 "기뢰 때문이 아닐까? 거기도 기뢰, 여기도 기뢰. 기뢰가 문제야."라거나 "식수가 부족해."라고 말해주기도 했다. 그리고 배의 속도가 표 나게 느려지더니 얼마 되지 않아 완전히 멈추어 섰다.

놀라운 일은 그때부터 벌어졌다. 선상의 두 개 층 선실에서 선원들이 갑판으로 쏟아져 나왔다. 그들은 재빨리 좌우현 모든 곳의 구명정들을 에워싸고 통로를 확보했다. 구명정 가까이에 모여 있던 승객들은 빗자루에 쓸리듯 멀리 밀려났다. 현역 군인들이기에 행동은 일사불란하고 일부는 무장까지 하고 있었다. 하사관이 어리둥절한 승객들 앞에 나섰다.

"우리 선원들 일부를 이곳 주둔 해군과 교체하라는 명령을 받았다. 부산항에 깔린 기뢰 때문이다. 부족한 식수도 채우고 다시 출항할 것이니 여러분은 안전하게 기다려주기 바란다."

그들은 구명정이 내려지는 곳마다 같은 말을 하고는 빠르게 퇴선했다. 그리고 지금, 그 구명정들이 멀어져가고 있는 것이다.

김상구는 장 사장을 찾았다. 바다를 바라보는 장 사장의 얼굴은 어두웠다. 눌러 쓴 파나마모자와 늦은 여름해가 만든 그림자 때문만은 아니었다.

"사장님. 뭔가 수상하지 않습니까?"

"그렇지? 선원을 교체한다면서 엔진은 왜 꺼? 다시 가동하는 데 기름이 더 들 텐데."

장 사장에 이어 다른 일행들도 나섰다.

"부산항 기뢰는 거기서 조처를 하면 되지, 왜 여기서 선원을 바꿔? 그것도 말도 아니지요."

"부산 갈 마음도 없었는데 무슨 핑계가 생겼나?"

그때 김상구는 두어 시간 전에 만났던 선창의 아내와 아이들을 떠올렸다. 제 아버지 곁에 서서 어른들의 말을 듣고 있는 장 사장의 아들이 눈에 띄었기 때문일지도 몰랐다. 배를 타기 전부터 감기로 고생하고 있는 막내의 얼굴은 창백했다. 그는 목에 두른 수건으로 아이의 이마에 솟은 땀을 훔치며 명아야, 아빠다라고 불러 눈을 뜨고 살짝 웃는 얼굴을 보았다. 아내는 열은 그만한데 먹은 게 없다고 걱정했다. 잠을 설친 데다 통풍이 시원찮아 아내도 힘들어 보였다.

"조금만 더 가면 내릴 테니 참아봅시다."

"대련님도 잘 계시지예?"

"그래, 배를 탔으니 다 됐지."

아내가 안부를 물은 동생은 자기가 속한 징용부대원들과 중갑판 쪽에 자리 잡았는데 승선 직후 딱 한 번 얼굴을 보았다.

"아빠, 덥다. 아빠 따라 나갈래."

다섯 살 아들이 짜증을 부렸다. 김상구는 어쩔까 하다 말했다.

"위엔 사람도 많고 볕도 뜨겁다. 해 지면 가자."

김상구는 아들을 안아준 뒤 말없이 동생 곁을 지키는 큰딸의 손을 한 번 잡아주고 일어났다. 장 사장 가족부터 해서 회사 가족들이 옹기종기 모여 앉았거나 늘어져 누워 있었다. 그는 계단을 한참 올라 다시 갑판으로 나왔다.

승선하면서 조선인들은 선실에 들지 못하고 모두 선창과 갑판에 배치받았다. 배 밑바닥의 짐칸과 하늘 아래 노출된 갑판이 거대한 임시숙소가 된 것이다. 갑판은 층으로 나누어져 있는 데다, 천막을 씌운 함포를 비롯한 무기와 일반 시설물들로 복잡한 구조였다. 그런 곳에 사람과 짐이 넘치니 비집고 다니기가 만만찮아 대개는 제자리에서 머물고 있었다.

"저쪽, 갈매기 날아가는 저기가, 마을이지요?"

그때 눈 밝은 누군가가 팔을 뻗으며 말했다.

"그래 가깝네. 근데 도대체 여기가 어디야?"

"누가 선원한데 들었는데 관서 지방 어디쯤이 아닐까 그러더래."

"사십 시간이나 걸려 아직도 일본땅이라니 말이 되는 소리가?"

그런 얘기 뒤에 직원 중 연배가 가장 높은 주경식 영감이 나섰다.

"사장님. 우리만 두고 도망간 거 아닐까요?"

"도망?"

"등 보이는 게 그러네."

장 사장에 이어 누가 말했다. 홋카이도 탄광에서 죽을 고생을 했다는 친구였다.

"저 사람들 언제나 우리 앞에 서서 명령하고 욕하고 때리고 그랬잖소. 그런데 등 보이면서 죽어라 노질하고 가는 거 보니 기분이 이상하네."

김상구도 그랬다. 몇 달 전, 일본인에게 당한 모욕이 떠오르는데 주경식 영감이 말했다.

"그래, 그건 맘이고. 지금 당장 닥친 거 생각하면 이상한 기 한둘이 아니지. 이해도 안 가고 수상하잖아. 15일 그날부터 한번 되짚어 보자꼬."

주 영감 말이 무엇에 쫓기듯이 빨랐다. 사람들은 저마다 눈을 빛내며 뒤숭숭했던 그 며칠을 헤아렸다. 동생까지 동승한 김상구로서는 좀 더 앞 시간부터 따져 보아야 했다.

2

 지난 4월 말, 김상구는 아침부터 서둘러 역으로 갔다. 오래 미루어오던 동생 면회라 설레기도 하면서 긴장도 되는 걸음이었다. 기차를 한 번 갈아타고 도착한 역에서 부대까지는 걸어서 갔는데 날씨가 그날따라 제법 더웠다. 한 시간 남짓 걸어 정문에 이르자 툭 트인 평지가 눈길 가는 데까지 펼쳐져 있었다. 이미 다른 곳에서 비행장 활주로 공사장을 보았기에 아주 낯선 풍광은 아니었다. 문 앞에 보초는 보이지 않고 사무실처럼 제법 너른 초소 안에서 말소리가 들렸다.
 "내가 감독님과 함께 보초를 서다니 영광입니다."
 "밑에 애들도 쉴 땐 확실히 쉬어야지. 하루 정도 수고는 괜찮아."
 "통 크게 선심을 쓰시는구나. 하하."
 김상구는 웃음이 끝나길 기다렸다가 열린 문으로 들어섰다. 실내에는 군인과 감독이라 불린 민간인이 나무 의자에 앉아 있었는데 사십 줄의 비슷한 연배였다. 김상구는 누런 국민복 저고리에 당꼬 바지 차림의 감독에게 신경이 쓰였지만 자기가 찾은 곳은 군부대라는 생각으로 군인에게 신분증과 통행증을 보여주었다.

"저는 동생을 만나러 온 가네야마입니다."

신분증에는 스와가라조 하청-우성사 직원 가네야마 상구라고 쓰여 있있다. 국가에서 실시하는 공사의 용역업체를 조(組)라고 부르니 스와가라는 본청이고 우성사는 그 밑의 하청업체 중 하나였다. 가네야마는 김에다 뫼 산 자를 더해 문중에서 정한 일본식 성씨로 한자는 金山으로 썼다.

"면회? 동생이 조선 징용공이요?"

이런 경우가 처음인지 조금은 놀란 표정으로 군인이 되물었다. 두발과 수염을 단정하게 깎지 못한 군인은 자신이 사는 지역에서 복무하는 보충역으로 보였다.

"네, 그렇습니다."

"이름이 뭐요?"

"가네야마 석구입니다."

"신분증 이리 줘봐."

그때 감독이 나섰다. 군인에게서 건네받은 신분증을 살핀 감독이 김상구를 쏘아보며 말했다.

"그런데, 동생이 여기 있다는 건 어떻게 알았나?"

반말에 심문조가 불쾌했지만 김상구로서는 참을 수밖에 없었다.

"고향 집에서 알려주었습니다. 혹시 사이토 군조님을 뵈올 수 있을까요?"

김상구는 어떻게든 면회를 성사시키고 싶어 미리 알고 온 군인 이름을 댔다.

"사이토 군조?"

군인이 말했다.

"모처럼 쉬는 일요일인데 없지. 근데 사이토 군조보다는 나카지마 감독님 힘이 좀 더 쎈 거 아닌가? 그렇구나, 나보다 나카지마상이 결정할 일이네. 높은 분을 바로 만났으니 잘됐네."

군인이 웃으며 나카지마와 김상구를 번갈아 보았다.

"일단 앉아봐."

나카지마가 의자에 앉는 김상구에게 신분증을 돌려주었다.

"여기 회사에선 언제부터 일했나?"

"작년 10월부터요."

"그 전엔?"

"나고야에서 일하다 고향집에서 온 편지 받고 이리로 옮겼어요. 마침 자리가 나서."

"동생 땜에 나고야에서 여기까지 왔다는 거잖아."

나카지마의 표정이 살짝 굳어졌다.

"일자리가 나서 온 겁니다."

김상구는 같은 말을 했다.

"얼마 전에 첩자 신고가 들어와서 내가 좀 물어보는 거야. 그런데 당신 말 들어보니 형제 간 우애가 대단하다 싶네. 동생 찾아 여기까지 살러 왔다니 대단한 형제애지 뭐야."

나카지마가 곧이어 말했다.

"그렇지만 면회는 안 되겠어."

"네에? 멀리서 왔습니다!"

첩자 소리에 긴장했던 김상구가 깜짝 놀라 말했다.

"당신은 내지에 살다 여기 왔지만 조선서 면회한다고 건너오기 시작하면 어떻게 돼? 골치 아파지겠지? 당신 동생은 제국이 잘 보호하고 노임까지 주면서 일 시키고 있으니 걱정 마."

나카지마가 담배를 붙여 물었다.

"실망이야. 난 다코 가족이 찾아온 줄 알았는데 말야."

다코는 선금이나 보증금에 발이 묶인 노동자들을 일컫는데, 먹이를 못 찾고 배가 고프면 자기 발부터 잘라 먹는 문어와 같은 신세라는 뜻이었다.

"사이토 군조를 어떻게 아는지 모르겠지만 만나면 다시 사정해봐. 그래도 들어주지는 않을 것 같은데. 그 친구도 조선 징용공들에게 월급을 너무 많이 준다는 걸 알 테니까 말야. 그렇지, 그 옛날의 15원 50전보다 훨씬 더 많이 주지. 하하."

김상구는 갑자기 진땀이 났다. 배낭을 여태껏 메고 있었지만 그 무게 때문만은 아니었다. 나카지마가 김상구를 빤히 바라보며 표정을 살폈다.

그때 군인이 나섰다.

"징용공 면회가 처음이니까 나름 방침을 정한 거네. 멀리서 왔지만 어쩔 수 있나. 우리 감독님이 안 된다는데."

김상구는 해군 시설부 소속의 조선 징용공 면회 여부를 일반노무자 감독이 결정할 수 있는 건지 묻지 못하고 일어났다. 그는 손바닥으로 얼굴을 훔치고 말했다.

"한참 걸어왔더니 덥군요. 그럼, 그렇게 알고 돌아가겠습니다. 다만 동생이 내가 찾아왔다는 말만 들어도 더 힘을 내서 열심히 일할 수 있을 것입니다. 안부와 같이 이것도 부디 부탁드립니다."

김상구는 배낭에서 보따리를 꺼내 군인 앞에 놓았다. 옷과 양말, 지카다비라는 신발, 상처에 바르는 아까징끼라는 빨간 물약들이었다. 그리고 재빨리 군인에게 눈을 찡긋하며 따라 나오길 부탁했다.

"나카지마상 동생이 전사했지. 셋이나."

군인이 밖에서 말했다.

"네?"

"오가는 이야기를 들으니 그 생각이 나네."

"아, 그렇군요."

김상구는 땀이 솟는 이마를 훔쳤다.

"더운데 헛걸음했네."

"그분에겐 안된 일이지만 나로선 내 사정을 사실대로 말하지 않을 수 없었어요."

"그럴 수밖에 없지."

"이건 담뱃값으로 받으시고, 이 봉투엔 동생 소속과 이름, 그리고 200엔이 들었습니다."

군인은 사람 좋은 웃음을 지으며 김상구가 건네는 50엔과 편지봉투를 받았다. 옷과 돈이 전해질지에 대해선 자신이 없었지만 할 수 있는 일이라곤 그뿐이었다. 김상구는 돌아서기 전에 부대 쪽을 다시 바라보았다. 몇 채의 목조건물이 보일 뿐 허허로운 맨땅이 끝없이 펼쳐져 있었다. 눈을 돌리는데 목조건물 뒤편에 창고같이 허술한 막사들이 보였다. 단번에 징용공들이나 일반 노동자들의 숙소구나 싶었다. 동생의 얼굴이 처음으로 제대로 떠오르며 가슴이 아팠다. 얼굴을 본 지도 오래지만, 노동에 지친 여윈 모습이 어른거리는 것은 동생과 똑같은 처지의 조선인들을 직접 만났기 때문이었다.

한 달 전에 다른 지역의 비행장 공사현장에 긴급하

게 출장을 갔었다. 전신주를 세우는 작업이었는데 그곳에서 조선인들을 만났다. 그들은 2인 1조가 되어 삼태기를 꿴 삼나무 몽둥이를 어깨에 걸고 움직였다. 땅을 파면서 나온 흙과 돌을 삼태기에 담아 운반 중인데 하나같이 여위고 거친 얼굴이었다. 회사 사람들을 보는 표정들이 무심했지만 김상구는 반가운 마음에 몇 사람에게 말을 붙였다.

"어디서 왔소?"

"아, 당신들도 조선사람이구나."

그때 김상구는 그 사람의 양쪽 어깨가 젖은 걸 보았다. 악취까지 나고 있었다.

"진물이 나는 거요?"

"상처가 곪았소."

"구더기도 끓는데."

"성한 사람이 없지, 죽기도 하고."

동시에 몇 사람이 중얼댔다.

"치료를 안 해주나요?"

"작업량을 채워야 하는데 한가한 소리지."

그때 멀리서 감독 군인이 소리쳤다.

"거기 뭘 하나? 제대로 해!"

김상구는 그들에게 피해를 줄까 봐 얼른 돌아섰지만 어쩔 수 없이 동생 얼굴을 떠올렸다. 조선 징용공들이 일하는 어느 공사장인들 다를 바 없을 것이었다.

 역으로 돌아가는 김상구의 발걸음은 무거웠다. 볕도 뜨거운 데다 기운이 다 빠진 듯 피곤했다. 면회가 무산된 데다 나카지마로 인한 긴장 때문이었다. 그리고 초소에서부터 머릿속에 꾹꾹 처박아 놓은 15원 50전이 절로 입을 열었다.
 "주고엔 고주고센."
 목구멍에 소리가 갇혀 입으로 새 나가지도 않았다. 엄청 많은 조선인들이 학살당했다는 관동대지진 때 일본인들이 조선인을 가려내기 제일 빠르고 쉬운 방법이 비탁음이 들어간 말을 시켜보는 것이었는데 그 대표적인 게 15원 50전이었다. 김상구는 그 얘기를 도항하던 첫해에 딱 한 번 들었다. "우리는 어머니 하는데 그 사람들은 오모니 하거든. 그런 것처럼 우리가 아무리 오래 살아도 여기 사람처럼 안 되는 말이 있어." 합숙소에 같이 지내던 노동자들끼리 술을 마시다 일본어 발음 이야기가 나왔다. 관동지진 때 형제를 잃은 영감님이 취해서 털어놓은 것인데 그 뒤로는 들은 적이 없으니 조선 사람들에게는 금기어인 셈이었다.
 역이 멀리 보였다. 동생을 만나지 못했는데도 기차

시간은 한참 남아 있었다.

　작년, 44년 여름에 고향집에서 편지가 왔다. 두 달 전에 동생이 징용에 뽑혀 갔는데 이제야 연락이 왔다면서 돌봐줄 수 있는지, 있다면 그렇게 해주었으면 한다는 얘기였다. 말미에 동생이 있는 곳의 주소가 적혀 있었는데 혼슈 최북단 아오모리현의 어느 지역이었다. 지인들에게 그곳에 대해 알아봐 달라고 부탁한 지 한참 지나, 한동안 다녔던 회사 사장에게서 연락이 왔다. 그는 동생이 있는 지역의 위치를 대략 짚어주면서 토목공사가 많고 조선인 회사도 있다고 덧붙였다.
　"조선인 회사가 있어요?"
　"그래. 내가 제대로 알아 왔으니 술 한잔 더 사. 기술자가 귀한지 임금도 높대. 근데 왜, 면회가 아니라 아예 갈려고?"
　하도급 오야지로서 일거리가 계속 줄어 걱정을 하고 있던 김상구로서는 뜻밖의 소식이었다. 그는 그 자리에서 그쪽 회사 주소를 받아 적었다. 면회를 가더라도 그쪽 회사에 대해 미리 알아두는 게 좋겠다 싶어 자기소개서를 보내보았다.
　6남매의 막내인 동생은 모친의 산고가 길었던 탓인

지 어려서부터 유난히 병치레가 잦았다. 그런데 편지에는 형님 대신 징용을 갔다고 지나가듯 써놓고 있어 마음이 더 쓰였다. 부모를 이별한 지 오래인 데다 돈도 제대로 보내지 못한 송구함까지 한꺼번에 몰려왔다. 연로하신 부모를 모셔야 하는 형님을 대신해서 병약한 동생이 일본까지 왔다는데 살펴주지 않는다면 불효라는 생각이었다. 하지만 그는 식솔이 딸린 가장이었다.

충청도 출신인 김상구는 도항이란 말이 어지간한 시골사람들 귀에도 익었을 때, 그리고 무엇보다 국가총동원법이 시행되기 전에 관부연락선을 탔다. 모집, 관의 알선, 징용이란 명칭으로 진행된 제도에서 벗어났다는 것은 자유의사에 따라 일자리를 찾아다닐 수 있다는 뜻이었다. 그는 야간 공업전수학교에 적을 두고 조선인 토목하청업체에 들어가 막일부터 시작해서 토목기술은 물론 자동차 운전 등 몇 가지 기술도 제대로 배웠다. 도항 5년 되던 해에 결혼까지 했는데 아내는 오래전에 건너온 경상도 출신 부부의 딸이었다.

아오모리의 회사 사장에게서 긍정적인 답장이 오면서 혼자라도 가야겠다는 결심을 하고 아내에게 자초지종을 털어놓았다. 공사현장에 따라 몇 달씩 떨어져 있기도 했기에 아내의 이해도 쉬울 줄 알았는데 그게 아니었다.

"면회가 아니라 그리 먼 데 가서 일을 하신다꼬예?"

"요즘 형편도 어려운데 이참에 정리하고 가는 게 낫지 않겠소."

"아이들이 자라니 고정급 받는 건 좋지만… 그래도 가면 같이 가야지, 당신 혼자 어찌 갑니꺼."

장인 장모가 너무 멀고 낯설다고 말렸지만 아내는 마음을 바꾸지 않았다. 옮겨갈 회사 사장과 몇 차례 편지가 오간 뒤 김상구는 10월 초순에 이사를 했다.

기차를 몇 번이나 갈아타고 가까스로 목적지인 항구에 내리자 찬바람이 그들을 반겼다. 회사 사무실은 일본인 거주지의 끄트머리에 위치한 목조 단층으로 사장의 살림집과 붙어 있었다. 사장은 출타 중이고 사장부인이 그의 가족을 맞았다.

"마음에 들지는 모르지만 집은 구해놨어요."

부인은 따뜻한 차부터 내더니 어느새 밥상까지 차려 왔다. 조선말만 아니라면 수수한 일본인으로 보일 정도로 내지 생활에 익숙해 보였다. 아이들을 챙겨 먹이는 아내를 지켜보던 부인이 말했다.

"여긴 날씨가 불순해서 어린애들 키우는 데 힘이 들어요. 신경을 많이 써야 해요."

사장 부인을 따라간 동리는 변두리 대로변에서 조

금 떨어져 있었다. 조선인 동네가 세 곳 정도 흩어져 있다고 했다. 집도 허술한데 밤이 되자 추웠다. 아이 셋이 기침을 하다 겨우 잠이 들었다. 시간이 지나 살림에 익숙해진다 해도 날씨부터 모든 게 나고야 생활에 비할 바가 아닐 것이었다. 김상구는 아내를 꼭 안았다.

"고맙소. 내 평생 두고두고 갚을게."

"괜찮습니더. 난 그저 열심히 살림 살고 아이들 잘 키울게에."

다음 날 만난 장영두 사장은 오십대 초반으로 이목구비가 반듯하고 체구가 컸다.

"집은 괜찮던가요? 아이들이 어리다고 집사람이 걱정합디다."

첫인사가 다정했다.

"일본 땅 어딘들 조선사람 없는 데가 없겠지만 여긴 특히 오지요. 기후며 지형 교통 모두가 열악한데 군 시설 공사 땜에 엄청 늘었소. 덕분에 우리 회사도 인력이 많아져서 내가 다 감당할 수 없게 됐어요. 이력서 보고 정말 반가웠소. 한창 바쁠 때 내가 좋은 사람을 만났소."

장 사장은 현장책임에 노무관리까지 맡아달라고 했고, 김상구로서는 그저 열심히 하겠다는 말밖에 할 수 없었다. 기대했던 말은 끝에 나왔다.

"징용공으로 온 제씨 얘길 했지요? 주소를 보면 일

하는 현장을 알 수도 있소."

김상구가 고향집에서 온 편지를 꺼냈다. 지명 다음에는 부대 편제의 숫자가 나열되어 있었다.

"해군시설부 소속이구나. 동생분이 있는 곳은 여기서 제법 먼데, 거기도 아마 비행장을 닦고 있을 거요. 면회가 당장은 어려울 테고, 우선 사람을 넣어 소식부터 전하는 것도 방법이겠소."

장 사장 의견을 따르기로 하고 그는 바로 다음 날부터 일에 묻혀 지냈다. 현장은 항구에서 멀리 떨어진 지하굴착공사장이었다. 숙식을 합숙소에서 인부들과 같이 하고 토요일이나 일요일에 짬을 내어 회사와 집에 오는 식이었다. 얼마 지나 동생에게 자신의 근황과 얼마간의 돈을 전할 수 있었다. 장 사장과 가까이 지내는 일본인이 그곳 부대의 사이토라는 하사관을 통해 전달했으니 다리를 두세 번이나 거친 것이다. 하지만 동생 면회는 쉽지 않았다. 열악한 직업조건에 공기까지 쫓기다 보니 몸을 뺄 수가 없는 데다 군부대 방문에는 통행증까지 필요했다. 해를 넘기고도 한참 지나서야 겨우 날을 잡은 게 나카지마에게 면회가 가로막힌 그날이었다.

김상구는 집으로 돌아가는 기차에서도 나카지마의 얼굴이 지워지지 않아 힘들었다.

동생들이 전사했다는 자기감정에 사로잡혀 조선 사람이라는 이유로 형제의 상봉을 막을 수 있는가? 전쟁은 일본인, 그들의 것이라는 생각까지 들어 마음이 뜨거웠다. 기차 안에는 일요일답게 승객도 많고 가족으로 보이는 이들도 꽤나 보였다. 어른, 아이 할 것 없이 커다란 배낭과 보따리들을 들었으니 식량과 물자를 구하는 게 이동의 가장 큰 목적이었다. 그때 환승역에서 구입한 차표값 생각이 났다. 나카지마가 입에 담은 15원 50전이 머릿속을 떠나지 않았던 것이다.

  　　　　　　　　　3

 "삐라부터 출항까지 태풍 불 듯 몰아쳤잖아."
 한동안 자기 생각에 빠졌던 김상구는 정신을 차렸다. 회사 사람들은 여전히 출항 전후 얘기를 하고 있었다.
 "지금 선원들이 내빼는 거라면 애초부터 출항을 거부했다는 소문이 맞는 거지. 배 타기 전에도 하고 배 탄 뒤에도 그런 얘기가 있었잖소."
 "곧 군복 벗고 집에 갈 생각뿐인데 조선까지 가라니, 고분고분 따를 수 없지."

"그런데도 출항했다는 건 뭐야? 높은 놈들이 명령 불복종으로 군사재판에 넘기겠다고 했나? 출항 자체부터 의문투성이더니 끝까지 그 꼴이네."

"15일 저녁만 좋았다는 생각까지 들 정도니 내가 한심하네."

8월 15일 정오, 김상구는 장 사장 집에서 무조건 항복 의사를 밝히는 천황의 라디오방송을 직접 들었다. 패전소식에 항구는 침묵에 빠졌다. 시간이 지날수록 항구는 더 무겁게 가라앉았지만 조선 사람들까지 숨죽이고 있을 수는 없었다. 저녁에 직원 다수가 사무실에 모였다. 조선으로 언제 돌아가느냐, 일본에 남을 수도 있지 않을까, 들뜬 분위기 속에서 그런 말이 오갔다. 김상구도 아내와 나고야에 일단 들렀다 조선으로 나가자는 얘기를 나누었다. 시모노세키에서 배를 탄다고만 생각하면 그런 여정이 당연하기도 했다. 그날 해 지기 전에 큰 배 한 척이 입항하는 걸 보면서도 시모노세키 이야기를 한 것은 그 배가 해군 소속인 데다 여기서 도항은 머릿속에 아예 들어 있지도 않았기 때문이다. 그동안 좀처럼 보이지 않던 배라 전쟁이 정말 끝났나 보다 하는, 그런 정도의 생각만 할 뿐이었다.

하지만 바로 다음 날 경비행기에서 삐라가 뿌려졌다.

〈전쟁은 지금부터다!〉

사령부 소속 젊은 장교들의 돌출 행동이라는 소문보다 조선인들에게 더 중요한 것은 자신들이 군사시설지역에 살고 있다는 새삼스런 확인이었다. 이런 곳에서 군의 기강이 무너졌을 때 가장 쉽게 피해를 입을 사람들은 바로 자신들이었다. 그러므로 항구 외곽의 공사장에서 조선인들이 밤새도록 만세를 부르고 소란을 피웠다는 소식도 불길하게 들렸다. 그와 같이 너무 커서 잔교에 접안하지 못하고 바다에 떠 있는 해군 배가 입에 오르내리기 시작했다.

 김상구를 비롯한 회사 사람들은 매일 사무실에 모였다. 기차역은 벌써 일터를 잃고 고향으로 돌아가는 일본인들로 북새통을 이루고, 다른 교통편을 이용해 환승역으로 가고도 있었다. 회사 사람들은 분산해서 그들 속에 묻혀 떠나야 할지, 해군 배 소식을 더 기다려봐야 하는지 설왕설래하다 또 하루가 지났는데 길에 이상한 벽보가 붙었다.

 〈조선인은 모두 떠나라. 떠나지 않으면 배급도 없다〉

 교통편이 어렵고 아니고를 떠나 전쟁이 끝나고 단 며칠 만에 일터와 집을 비우라니 정상적인 소리가 아니었다. 군 부대나 관청에서 비축하고 있던 물자들이 흘러나오고 있었지만 배급을 끊겠다는 것은 비행기에서 뿌려진 삐라보다 더 섬뜩한 말로 들렸다. 그에 맞춰 일본사람들이 군사시설 공사에 동원된 조선인들을 부담스러워한다거나 소련군대가 진주하면 조선인들이 그들과 한패가 될까 두려워한다는 소문까지 돌았다. 하지만 조선 사람들이 모여 만세를 부르거나 야미로 흘러나온 소주를 마시고 소란을 피웠다는 말은 더 이상 들리지도 않았으니 악의적인 억측이랄 수밖에 없었다.

그러는 동안 바다에 떠 있는 배 이야기가 부쩍 자주 나왔다. 그들이 도항할 때 탔던 관부연락선보다 훨씬 더 큰 배는 태평양 항로의 화물 여객선을 군용으로 개조한 것이라 했다. 시간이 갈수록 배는 이제 전쟁이 끝났다는 사실을 또 다르게 증명해주는 증거물이 되어갔다. 소문이 어떻게 퍼졌는지 멀리서 가까이서 조선인들이 항구로 모여들기 시작하더니 부두 앞에서부터 도로를 따라 긴 노숙행렬이 만들어졌다. 동시에 〈조선인은 모두 떠나라〉는 벽보에 이어 〈다음 출항은 없다〉는 벽보까지 붙어 사람들을 긴장시켰다.

하나부터 열까지 모든 게 소문으로, 그리고 출처도 불분명한 벽보로 진행되었지만 한 치 어김없이 그대로 되어갔다. 그 와중에 선원들이 출항을 거부하고 있다는 소문도 잠시 돌았지만 사실 여부야 알 수가 없었다.

결국, 조선 사람이면 누구나 무조건 배를 타야 했다.

김상구는 나고야로 가지 못하는 데서 오는 아내의 서운함보다 몸이 아픈 막내가 걱정이었다. 장 사장 부인 말처럼 어린애 키우기 어려운 환경이라 병치레가 잦았는데, 마침 막내가 감기에 걸려 열이 좀처럼 내리지 않고 있었다. 야미 물자 중에서도 약품이 가장 귀했는데 마침 허방 삼아 들른 약방에서 해열제 몇 알을 구할 수 있었다. 그날 김상구는 집과 회사를 오가며 바쁘게 보냈다. 붐비는 우체국에서 나고야 처가로 〈현지서 귀환 예정. 후일 상봉〉이라는 전보를 보내고, 회사에서는 장 사장을 도와 승선명부도 작성했다. 파란 줄이 세로로 그어진 미농지에 직원들 이름과 나이를 기록하는 것인데 가족까지 적었다. 김상구는 자신의 가족, 특히 아이들 이름은 더 또박또박 썼다. 그리고 그날 밤 집에서 아내와 짐 보따리를 싸면서 무얼 넣을 것인지를 두고 잠시 다투기도 했다.

　마침내 승선이 시작되었다. 동원된 도선들이 아침 일찍부터 해 질 때까지 사람들을 날랐다. 여러 공사현장에서 일하던 군속과 징용공들도 풀려나 부두로 모여들었는데 동생이 속한 부대는 열차 사정 때문인지 늦고 있었다.

　김상구도 회사 사람들과 부두로 나갔다. 어렵게 만든 승선명부는 부두를 관리하는 일본해운 직원 손에 넘어갔지만 그들은 뭘 이런 거까지라는 눈치였다. 설마, 이 사람들이 명부도 없이 마구잡이로 태우는 건 아니겠지. 김상구는 그런 걱정도 하면서 열에 들떠 얼굴이 분홍빛인 딸을 업은 아내를 앞세우고 배에 올랐다.

동생이 속한 부대가 가장 늦게 탑승했고 그는 배에서 동생을 만났다. 새카맣게 타고 말랐지만 그래도 크게 상하지 않고 나타난 것이다. 동생은 서로 다른 군인으로부터 소식도 듣고 돈도 잘 받았다는 얘기부터 했다. 그 말은 김상구에게 나카지마란 감독이 별난 사람이라는 생각을 다시 한번 하게 했다. 그 정도였다. 다치지 않고 무사히 이곳을 떠나면 되는 것이다.

동생이 속한 징용부대가 마지막 탑승이었는데도 배는 바로 떠나지 않았다. 선원들의 출항 거부 얘기는 그때 다시 나왔다. 지금껏 별별 소문에 시달린 데다 몰아세우듯 태워놓고는 배가 이틀이나 그 자리에 머물고 있는 게 수상할 수밖에 없었다. 배에 선원들 보기가 어려운 것도 그런 말이 나온 이유 중의 하나였다.

"선원들 구명정은 이제 보이지도 않는구나."
김상구의 귀에 다시 회사사람들의 말소리가 들려왔다.

"우리가 조선 가는 배 내려달라고 했나? 자기들이 억지로 태워놓고 이래도 되나?"

"모두 형편따라 도항했겠지만 반강제로 끌려온 사람이 얼마나 많아? 잘 부려먹었으면 제대로 보내줘야지, 이게 뭐야? 지금 이런 꼴은 정말 아니지."

누군가 말했다.

"어제 내가 그랬잖아. 전쟁이 끝난 판에 항복한 나라에서 이리 큰 해군 배를 출항시켜도 되는지 말야. 첫 귀국선인지는 몰라도 기분이 안 좋아. 정말 더럽네. 해방이 되었는데 만세도 제대로 한번 못 불러보고."

다른 사람이 대꾸했다. 그때 김상구는 눈앞이 캄캄해지는 듯했다. 사라진 구명정을 쫓았는지 지는 해가 마지막 힘을 모은 듯 타올라 바로 쳐다볼 수가 없었다. 맨머리까지 맹렬하게 아파왔다. 나카지마라는 감독 얼굴이 떠오르면서 햇빛이 눈과 머리를 태웠다. 갑판에서 반갑게 동생을 만났을 때 마음먹었던 그 정도로 된 게 아니었다. 나카지마만이 그 정도로 별난 일본인이 아니라는 생각이었다. 그는 두 손으로 머리를 감싸 쥐며 목구멍에 힘을 주었다. 조선말이면 금방 하겠는데 일본말로 하려니 막혔다. 그날 조선 징용공들에게 임금을 많이 준다면서 나카지마가 내뱉은 금액이 소리로 만들어지지 않았다. 맘속에 싹튼 불길함을 다른 식으로 말하면 될 텐데도 오직 일본 돈 금액만 머리에 가득했다.

주경식 영감이 다시 나섰다.

"근데, 배 밑창에 뭐가 실렸는지 알 수가 있나? 해군 배잖아…."

바로 그때 발밑이 먼저 흔들렸는지 폭발음을 먼저 들었는지, 김상구는 넘어졌다. 다시 엄청난 폭음이 터지고 김상구는 졸도했다. 산을 뚫는 공사장이 아니라 배다. 배가 깨지는 것이다. 그가 정신을 차리며 쓸려가는 몸을 겨우 일으켰을 때 회사사람 몇도 옆에서 몸을 추스르고 있었다. 장 사장과 주 영감이 멀리 보였다. 뒤늦게 일어난 사람들 중 몇은 몸에서 피가 나기도 하고 얼굴은 모두 사색이었다. 바닷물이 튀어오르지 않아 옷이 젖지 않았다는 사실도 모른 채 옆 사람들과 재빨리 몇 마디 나누었다.

"선창은?"

"밑에서 터진 거지?"

"폭탄!"

"기뢰가 아니고?"

김상구는 그 말들을 들으며 가족을 떠올렸다. 특히 자신을 따라 나오겠다고 칭얼대던 아들 얼굴이 크게 보였다. 여기저기서 고통스런 신음과 울부짖는 소리가 들렸다. 폭탄 터지는 소리도 없는데 갑판이 다시 요동쳤다. 배의 축이 어디로 쏠려 가는지 무거운 굉음이 연달아 울렸다.

"침몰한다!"

그 소리가 가장 정확했다.

김상구는 선창으로 내려가는 입구로 뛰었다. 쓰러지며 발을 다쳤는지 걸음이 비틀거렸다. 하지만 그는 사람들에게 막혔다. 선창에서 빠져나온 사람들이 그를 밀어댔다.

"비켜요! 내려가야 돼!"

그는 고함치며 몸을 디밀었지만 뒤로 밀리기만 했다.

"소용없소. 사다리가 부러졌어."

앞을 막아선 남자가 말했다. 한쪽 손으로 감싼 머리에서 피가 이마로 흘러내렸다. 김상구는 사람들 속에 묻혀 회사사람들과 멀어졌다. 아주 기분 나쁜 쇳소리가 선상을 울렸다.

"찢어진다! 중간이다!"

누군가의 고함은 비명과 쇳소리에 묻혔다. 가운데가 꺾이기 시작한 배는 천천히 가라앉으면서 한쪽 방향으로 기울어져 갔다. 언제부턴가 방울방울로 떠다니던 기름이 띠를 이루어 뱃전을 감쌌다. 기관실 연료통에서 솟구쳐 오른 기름은 이내 막을 치면서 바다로 번져갔다.

어디서 소리쳤다.

"배가 온다! 배다!"

똑같은 소리가 들리고 배 몇 척이 보였다. 떠났던 구명정이 아니라 고깃배였다. 어느 쪽에서는 사람들이 바다로 뛰어내리고 있었다.

굼실대는 기름 막 위로 떠다니는 선박용품과 짐들 사이에 사람들이 보였다. 선창에서 빠져나온 사람들은 허우적거리거나 무언가를 붙들고도 있었지만 대다수는 그냥 흘러갔다. 허적대던 사람들도 기름범벅의 새카만 얼굴을 잠깐 내밀다 물속으로 잠겼다. 서로 엉켜 빠져나오지 못하고, 바닷속으로 잠겨드는 배의 소용돌이에 빨려도 들었다.

가라앉는 속도가 배 뒤쪽이 빨랐다.

김상구도 다른 사람들과 같이 바다로 뛰어들었다. 한 치라도 가라앉는 배에서 멀어져야 했다. 사방에서 아이고, 아이고 소리가 들리다 사라졌다. 기름너울이 밀려오고 그는 얼굴을 치켜들며 팔다리를 힘껏 저었다. 무언가 바지를 잡아끄는 느낌에 놀라 다리를 더 빨리 흔드는데 기름이 얼굴을 덮었다. 이 지옥에서 기필코 벗어나야 했다. 해안가의 일본사람들이 더 많은 배를 노 저어 올 거라는 걸 믿으며 살아남고 싶었다. 아내와 자식들을 만나기 위해. 우성사 직원들 이름이 적힌 승선명부가 있다는 사실을 알리기 위해서도 판자 조각 하나라도 붙잡아야 했다.

그 해 봄을 돌이키는 방법에 대해

대학동기 단체 카톡방에 영화이야기가 떴다.

"추억여행 하기 딱 좋은 영화. 우리 젊은 날, 3학년 이던 바로 그해가 어제같이 생생합니다."부터 시작해서 시간을 두고 댓글이 달렸다.

그래, 흑백화면이 섞여 다큐 보는 기분까지 드네. 그해가 우리에게도 그랬지만 4월 대선에 5월 총선까지 국가적으로도 매우 의미 있는 해였구나. 유세장에 갔는지 그게 가물가물하다니, 씁쓸하다.

그때 얘기 하니 이모집 기억난다. 저세상에 먼저 간 현욱이가 교련 보이콧하고 군대 끌려가기 전날이던가. 비분강개해서 술 마시던 그 이모집.

선거 앞둔 이 시점에 왜 그런 영화를 개봉하는지 모르겠네.

겁도 안 나나. 이 시절에 극장이라니.

나는 망설였다. 그 시간을 마주 보는 데 대해서. 그리고 마지막 댓글 때문에 주저했다. '이 시절에' 나는 지치고 한계에 달해가고 있었다. 신문 보고 책 몇 페이지 읽으면 눈이 아팠다. 티브이 채널만 돌리고 앉았거나 매일같이 뒷산에만 갈 수도 없었다. 하나 있는 자식은 안부전화만 하고 몇 안 되는 모임도 두세 달을 예사로 넘겼다. 배달 음식에 입에서 군내가 나는 그런 생활과 심리상태였다.

결국 나는 영화를 보기로 했다. 코로나 방역수칙이 제도 이상의 힘으로 사람들을 억압하고 있다는 반발심도 있었지만, 그 시간을 마주하는 데 대한 거북함이 덩그러니 빈 극장에서 보아야 할 영화임을 가르쳐주었던 것이다. 생각대로 극장은 한산했다. 영화가 시작될 때까지 나까지 너댓이 앉아 있었다.

처음부터 귀에 쏙 들어오는 게 말씨였다. 한약방에 찾아온 손님이 주인에게 하는 말도 그랬고 뒤이어 길가에서 연설하는 사람도 억양이 인상적이었다. 앞사람은 "달구새끼"라고 단어부터 내놓고 사투리를 썼지만 뒷사람은 "그래 뉘시오?"와 같이 억양에서만 그게 드러났다. 게다가 약방주인은 자기는 이북출신이지만 사투리를 하나도 안 쓴다고 가두 유세에 나섰던 사람에게 말하고 있었다.

강원도 인제군 국회의원 보궐선거에서 후보자와 선거 전략가로 만난 김운범과 서창대 두 사람이 주인공이었다. 물론 김운범은 정치가 김대중의 영화 속 이름이었다.

초반의 잔뜩 어둡던 화면이 목포시 국회의원 선거에서는 조금씩 밝아졌지만 실감은 여전히 말씨가 살려내고 있었다. 상대방 후보가 유권자들에게 돌린 고무신과 와이셔츠를 회수하고 국산담배와 양담배로 민심을 이반시키는 장면도 그랬다. 진한 전라도 말구덩이 속에서 아가씨 혼자 또박또박 써대는 경상도 말은 그래서 더욱 색깔 있게 들렸다. 영화는 정치 신인 김운범이 전국적 지명도를 얻게 되는 목포선거에 상당한 공을 들이고 있었다. 세트부터 무엇 하나 허술함이 없었다. 바다가 보이고 오래된 창고가 늘어선 부둣가에서 열린 합동유세가 목포임을 제대로 알려주었다. 목포였다. "목포구나." 나는 고쳐서 되뇌었다. 내가 '목포'라는 2음절에서 맴도는 동안, 김운범은 야당 대통령후보가 되어 있었다.

그날 나는 오후 내도록 헤맸다. 1시에 시청 건너편의 부산공보관 앞에서 기다리다 '고전'과 '프로방스'에 들렀다 다시 급하게 공보관으로 갔다. 불현듯 '에트랑제'가 떠올라 8번 버스를 타고 학교 앞까지 갔다. 그때가 4시였다. 모차르트 교향곡이 넘쳐흐르는 실내 어디에도 그녀는 없었다. 시간만 다 날리고 다시 시내로 나왔을 때는 저녁이었다. 어디서 잘못되었는지, 자책과 더불어 보고 싶은 얼굴이 눈을 가려 눈물이 났다.

잔뜩 늘어져 집으로 오니 아버지와 유 씨, 최 씨 아저씨가 장독대 앞 평상에 앉아 술잔을 나누고 있었다. 오늘이 일요일이란 생각이 뚜렷하게 되살아났다.

"저기 우리 대학생이 오구먼요."

유 씨가 먼저 말하고 아버지가 내게 물었다.

"저녁은 먹었나?"

"먹었어요."

내 방으로 가려는데 최 씨 아저씨가 붙잡았다.

"그럼 앉아봐. 얘기 좀 듣게. 대학생들은 누구 지지가 많노? 아무래도 김대중 씨지?"

유 씨 아저씨가 거들었다.

"삼선 반대부터 해서 지금도 데몰 하니까아 당연하 것지."

1969년 삼선개헌 반대데모는 내가 신입생일 때 있

었고 당연히 나도 참가했다. 교문 밖까지 진출해서 시내로 나가다 곧 경찰에 밀려 흩어졌다. 골목까지 도망쳐 어느 집 대문 앞에 앉아 땀과 숨을 식히는데 나 혼자였다. 그러고는 발이 허전해서 구두를 살피는데 뒤축 하나가 비어 있었다. 와락 겁이 났다. 외진 골목에 혼자 남겨졌다는 실감이 떨어져 나간 구두 뒷굽으로 확연해졌던 것이다.

그리고 3학년이 된 지금은 언론탄압 중지와 교련강의 반대가 데모 구호였다. 모두가 박정희정권에 대한 반정부 시위였다.

"그렇다고 봐야 안 되겠습니까."

나는 사실대로 말했다.

유 씨 아저씨가 물었다.

"대학생들도 전라도 경상도 그런 얘기 하나아? 요새 왜, 시중에선 그런 얘길 해쌓지. 김대중 씨가 대통령 되면 경상도에 불이익 준다고…."

지금, 영화 화면에서는 김운범이 경상도지역 유세를 위해 승용차로 이동 중이다. 길가에 몰려선 사람들을 헤치고 남자 하나가 창문에 매달려 바로 그 소문, 경상도 출신 공무원들을 둘러싼 얘기에 대해 묻는다. 그리고 기차가 화면을 가득 채우며 들판을 달려가고 경상도 사투리를 쓰는 그 여성 운동원이 전라도를 고립시키는 내용의 역선전물을 보고 놀란다. 영화는 한동안 청와대에서 열리는 회의까지 포함해서 김 후보와 그의 출신지가 어떻게 고립되는지를 보여준다.

"안 하지요."
내가 아저씨께 대답했다.
"그런 말도 안 되는 소릴 왜 합니까. 우리 과에도 순천 여수 친구하고 또, 여럿 돼요."
"젊은이들은 다르지. 그라고 유 사장님도 너무 신경 쓰지 마이소. 경상도 물건 불매운동한다는 그런 말이 다 헛소문이지. 대학생 니도 그렇제? 지금이 어느 시댄데 신라 백제 얘기가 나오노 말이다. 좁은 땅덩거리서."
최 씨 아저씨가 말했다. 전기기술자인 유 씨 아저씨는 부인과 같이 양장점을 하는 최 씨보다 더 오래 우리집에 세를 살고 있었다. 대답을 하려는데 입이 쉬 열리지 않았다. 최 씨 아저씨가 말은 그렇게 하면서 속은 그런 소문을 믿고 싶어 하는 게 아닌지 미심쩍기도 했다. 내가 얼른 답을 못 하고 어정대는 사이에 유 씨가 아버지께 물었다.
"이전에는 없었지유? 어르신."

아버지는 연장자이기도 하지만 공무원으로 근무했기에 경험이 남다를 것이었다.

"글쎄."

일단 한발 물러서 놓고 아버지가 말했다.

"자유당 시절에 이 박사든 신익희든 조봉암이든 그 양반들 출신지 이야긴 별로 안 한 것 같은데. 5·16 뒤에 박통하고 붙은 윤보선도 그랬지 싶고."

"그러니까 박통이 경북 출신이다, 그런 소리도 많이 안 했다 그 말씀이시죠?"

"말이야 했겠지만 그런가 하는 거지. 그게 사람 똑똑한 거하고 관계가 있나."

유 씨 아저씨가 자기 잔을 비우고 내게 건넸다.

"전 안 마실랍니다."

마실 기분이 아니어서 나는 잔 대신 주전자를 잡았다.

희멀건 막걸리가 노란 양은 잔에 차오르는데 이번엔 최 씨 아저씨가 내게 물었다.

"우리 대학생은 오늘 박정희 대통령하고 김대중 씨 서울 유세에 어느 쪽이 많이 모인 것 같노?"

오후 내내 정신이 다른 데 팔려 있었지만 오늘이 마지막 유세 날이라는 건 알고 있었다.

"뉴스에 나왔나요?"

"내일 조간신문을 보면 자세히 알겠지만, 일단은 김

대중 씨 쪽이 많은갑더라. 장충단공원 유세장에서 본인 입으로 1백만 명 모였다고 했단다."

영화에도 두 후보의 유세장면이 나왔다. 주인공이 김운범이니 당연히 그의 출연 장면이 길다. 흑백화면 속에 인파가 물결처럼 출렁였다. 청중을 보여주는 화면이 연설하는 김운범으로 좁혀지더니 곧바로 상대방 후보가 청중 동원을 두고 참모들에게 신경질을 부린다.
다시 최 씨 아저씨 말이 내 귀에 울렸다.
"김대중 씨가 말이다. 이번에 정권교체 못 하몬 대통령 직접 뽑는 선거는 없을 끼라고, 이번이 마지막이고 총통제가 온다고 했단다. 근데, 총통제가 뭐꼬? 장개석 총통, 그런다 아이가?"
"대통령보다 더 힘이 센 지도자를 뽑는다 생각하시면 됩니다."
"아, 그러니까 히틀러도 총통이구나. 경제과 다니는 대학생이라 해도 참 많이 안다."
"우리 영오가 중학교 때 동아백과사전을 다 뗐다니까. 여섯 권이가, 일곱 권이가? 하여튼 내가 직장 다닐 때 산 월부 전집 중에서 제일 덕본 책이야."
중학교 3학년 봄, 달리기를 하는데 가슴에 물이 출

령였다. 시작은 늑막염이었지만 폐가 좋지 않아 휴학까지 해야 했다. 몸이 아픈 것보다 심심한 게 더 힘들었다. 나는 집에 있는 책을 다 읽고 집에서 가까운 서점에서 책도 사고 보수동에 헌책방골목이 있다는 것도 알았다. 그렇지만 그런 얘기는 유 씨나 최 씨가 아니라 그녀만 알고 있어야 빛이 났다.

"전, 들어갈게요."

나는 답도 기다리지 않고 최씨 아저씨 옆에서 일어났다. 아버지는 고개를 끄덕이고 최 씨가 "기운이 좀 없어 보인다."라고 한마디 했다. 수돗가에서 흘러나온 외등 불빛에 드러난 내 얼굴이 그리 보인 모양이었다. 나는 얼른 불빛을 벗어났다.

내 방 책상 앞에 앉았을 때 오늘 그녀를 만났다면 했을 말이 맴돌았다.

군대는 졸업 후에 장교로 가기로 정했어요. 그러면 장교 월급을 받으면서 군대생활도 하고, 같이 지낼 수 있어요.

뒷말까지 할 수 있었을지는 몰라도 앞에 결심은 분명히 밝혀야 했다. 그리고 며칠 남지 않은 런던심포니오케스트라 내한공연도 얘기했을 것이다.

다음 날, 어수선한 꿈에 시달리다 일어났다. 교련수

업이 오후에 있어 교련복을 가방에 넣고 학교로 갔다. 오전의 전공 하나는 에트랑제에 앉아 뭉갰다. 전공 시간에 틀림없이 교련수업 애기가 나올 텐데 내놓고 내 형편을 털어놓을 수 없을 바엔 그 자리를 피하는 수밖에 없었다. 그냥 말없이 오늘 교련수업을 듣는 것만이 내 결심을 실천하는 첫걸음일 것이었다.

학과에서 교련 이야기는 개강총회 전부터 나왔다. 삼삼오오 모이면 교련 이야기였다. 이번엔 다른 대학처럼 우리도 반대 데모를 해야지. 하다못해 보이콧이라도 하든지. 그런 애기였다. 나는 그런 친구들 앞에서 내놓고 반대는 못 하면서 속으로는 다른 생각을 하고 있었다. 나는 아무 탈 없이 무조건 빨리 졸업을 해야 했다. 병역문제가 남아 있었지만 일단은 졸업이 우선이었다. 아마 어젯밤, 떠도는 선거 루머에 대한 최 씨 아저씨의 발언을 두고 속마음은 다를지 모른다는 그런 추정도 복잡한 내 심리상태 때문에 할 수 있었던 것일지 몰랐다.

지난 3월 말 개강총회 때 정식으로 교련애기가 나왔다. 학회장이 군 미필 남학생들을 따로 남게 하더니 3학년 친구 하나가 단상으로 나갔다.

"전국의 유명 대학들이 언론탄압 중지와 교련반대

데모를 하고 있는데 우리 학교는 화끈하게 하지 못하고 있다. 이번 학기에도 총학이 적극 나설 계획은 없는 모양인데 참으로 부끄러운 일이다. 교련 문제는 당장 우리라도 강의를 거부하자. 학과 학년 단위로 할 수 있는 참신한 방법이다." 그런 얘기였다.

 하지만 교련 수강은 징집문제와 물려 있어 불이익을 당할 수 있었다. 가슴이 너무 뛰어 나는 발언하지 않았다. 그때 사관후보생 이야기가 나왔다. 졸업하고 공군이나 해군 사관후보생 모집에 지원할 수도 있는데 그 사람은 어쩔 거냐는 말이었다. 단상에 선 친구가 빠르게 답했다. "교련수업을 받고 졸업해야죠." 미리 이런저런 조사도 해두었는지 그 친구가 느릿하게 덧붙였다. "그런데 말입니다. 그 시험이 엄청 어렵답니다."

 얘기가 더 오가다 그 자리는 파했지만 나는 머리에 불이 켜지고 앞이 훤하게 보였다. 내 고민도 거두고 그녀의 반응에 일희일비하지 않고 밀고 나갈 수 있다는 확신이 선 것이다.

 그녀를 만나면서 어느 때부턴가 내 처신에 대해 하나둘 후회가 들고 있었다. 내가 2학년 때 학훈단 모집에 지원했더라면 가장 골치 아픈 병역문제가 해결되었을 것이다. 공부하고 연애하기도 모자라는 학창시절에 군사훈련 받는 바보들이라고 바보티시라 놀리는 학훈단이었다. 하지만 졸업 후 장교로 근무하면서 군 복무를 마칠 수 있으니 공백 없이 그녀와 지낼 수 있었다. 처한 위치에 따라 세상 일이 다르게 보이는 법이었다.

중학교 시절 1년 휴학한 것부터 너무 마음 아팠다. 세상에서 버려진 듯 외로웠던 그 시간 동안 정신적으로는 부쩍 컸을 테고 그래서 그녀와 사귀고 있는 것이겠지만 지금은 그냥 아까운 시간이었다. 나보다 나이가 많은 그녀에게 가까이 가는 방도를 나는 찾아야 했다. 왕도가 있다면 악마와 어떤 계약도 마다하지 않을 심정이었다. 가장 먼저 떠오른 생각은 군 면제였다. 신체검사에서 불합격을 받도록 힘써달라고 아버지 앞에 꿇어앉아 빌어도 일이 안 된다면, 사법고시만큼 어렵다는 그 시험에 합격하는 수밖에 없었다.

지난주에 다시 군 미필 학생들 모임이 있었다. 개인 선택에 맡기되 학과 이름으로 수업 거부를 공식적으로 발표하기로 결론이 났다.

그러고 오늘이 첫 시간이었다. 자유 선택임에도 왠지 우리 과의 누가 출석했는지 은근히 신경이 쓰였지만, 외진 골목에 혼자 남겨졌던 1학년 때의 심리적 부담까지는 아니었다. 거기다 수업 자체도 너무 싱거웠다. 대학가의 시위와 선거기간이라는 시국을 고려했는지 학교 뒤편 소운동장에서의 실기교육은 옷에 흙 하나 묻히지 않고 끝났다.

수업을 끝내고 나는 곧장 시내로 나갔다. 부산공보관에 가서 어제 내 동선을 다시 더듬었다. 시청 앞은 어제와 전혀 다르게 활기가 넘치고 소음과 매연이 가득했다. 무엇이 잘못되었을까. 내가 여기 서 있을 그 시각에 그녀는 어디에 있었단 말인가. 적어도 내가 여기서 기다렸다는 것은 약속장소가 음악다실이나 영화관 앞이 아니라는 사실 하나만큼은 확실했다. 그걸 명확히 하고 보니 미공보원이 떠올랐다. 미칠 지경이었다. 명칭이 미국문화센터로 바뀌었지만 아직 입에는 공보원이 익어 있었으니 착각을 한 것이다. 어제 종일 품었던 그녀에 대한 원망이 내 가슴에 숱한 화살로 꽂혔다.

나는 대청동 미공보원 앞에 어제 그녀가 서 있었을 시간만큼 서 있었다. 그 시간은 그녀가 퇴근하고 음악다실로 갈 시간까지이기도 했다. 나는 먼저 거리가 가까운 곳부터 갔다.

그녀가 있었다.

"벌 서다 왔어요."

다가가는 몇 걸음 사이에 심호흡을 몇 번이나 했지만 숨이 찼다.

"어디서? 거기도 헷갈릴 수 있는데."

그녀가 웃음을 숨기느라 눈을 크게 떴다.

"서 계시던 데서요."

"내가 거기도 없었다면?"

"놀리면 안 돼요. 저번처럼."

"그날도 안 보일 수 있었는데. 실수지."

2월 마지막 토요일 오후에 나는 프로방스에서 반나절이나 기다리다 일어났다. 그녀가 나를 멀리하려는 언행을 비치기 시작할 무렵이었다. 그날 약속도 애가 탄 내가 일방적으로 정했으니 그녀가 오지 않을 수 있다는 각오까지 하면서 버틴 셈이었다. 힘없이 밖으로 나와 남포동에서 버스를 탔는데 창밖에 그녀가 서 있었다. 뒤늦게 와서는 어디선가 몰래 나를 살피다 따라온 것이다. 나와 달리 그녀는 겹으로 싸우고 있었다. 나와는 물론 그녀 자신과도 싸웠다. 그래서 나는 더 힘차게 내 모든 걸 다 걸어야 했다.

"저요. 장교가 되기로 했어요."

나는 설명했다.

"졸업하고 장교시험을 치려고요. 공군과 해군에 사

관후보생 제도가 있어요. 월급을 받는 데다 공군이면 전부 후방근무에 출퇴근을 할 거 아니에요."

나는 입술을 깨물며 말했다.

"공백이 없어지잖아요. 그리고…."

"같이 지낼 수 있다고? 오, 음악까지 미완성인 걸 어째, 정말."

슈베르트 8번 교향곡이 흐르고 있었다. 때맞춰, 들을 때마다 동요 〈옹달샘〉의 "누가 와서 먹나요"라는 가사가 떠오르는 그 소절이 울려 퍼졌다:

"다음엔 따뜻하고 밝은 음악이 나오겠죠."

당장 슈트라우스의 왈츠는 물론 멘델스존의 결혼행진곡까지 떠올랐지만 자리를 허술하게 만들고 싶지 않아 입안에만 두었다.

"어제 에뜨랑제까지 갔어요. 마침 모차르트가 나오는데 어떻게나 무겁게 들리는지, 마음이 더 좋지 않았어요."

그녀는 천상의 소리라는 모차르트 곡을 좋아하고 카를 뵘이 지휘한 음반을 최고로 쳤다.

"음악만 듣고 살 수는 없잖아요, 부잣집 도련님."

나는 아연했다. 어제부터 겪고 있는 내 괴로움을 한순간에 다 건너뛴 말이었다.

그녀가 내게 건넨 첫말은 얼마나 나를 조마조마하

게 했던가.

　우리는 지난해 10월 중순, 한 주 걸러 남포동 서점과 음악다실에서 마주쳤다. 그녀가 내게 음악학과에 다니느냐 해서 진주시에서 동아대학교 음악과로 유학 온 외사촌 형 이야기를 했다. 형님이 우리집에서 일 년 머물 때 나는 음악에 취미를 붙였다. 형은 하숙집을 구해 나가면서 자신의 소형 일제 오디오를 내게 남겼다. 나는 어떡하든 그녀의 관심을 끌고 싶어 쑥스러움을 무릅쓰고 책 읽는 것도 좋아한다고 말해버렸다.
　"오, 교양까지 갖춘 부잣집 대학생이구나!"
　과장된 감탄사에 나는 당황했다. 제 자랑에 빠진 유치한 학생으로 보였구나 싶어 얼굴이 달아오르는데 그녀가 미소를 지으며 말했다.
　"놀리는 건 아니에요. 초면에 그러면 안 되지. 내가 동생 같은 사람에게 말을 높일 수도 없고, 너무 진지하게 대하기는 어색하고 해서 불쑥 그런 말이 나왔어."
　그녀도 음악에 빠진 이야기부터 했다. "단지 고상해 보이고 싶어서." 고등학교 때 과외활동으로 고전음악반에 들었는데 취향에 맞았다는 것이다. 첫날 우리는 그렇게 자연스레 3시간 넘게 이야기했다. 다음번에 서점이나 음악다실에서 마주치면 첫날 서로 쥐고 있던 릴케 시집과 체호프의 단편집을 바꾸어 읽기로 하고 헤어졌다. 처음부터 그녀는 내 마음을 흔들었다. 그녀 말대로 모차르트 음악을 그 어떤 언어로도 제대로 표현할 수 없듯, 그렇게 나를 사로잡았다.

세 번째 만난 날은 더욱 생생하다. 늦가을 비 오는 토요일이었다. 우선 바꾸어 읽은 책 이야기부터 했다. 내가 릴케 시는 무겁고 어려운 반면 체호프 이야기는 한눈에 다 들어온다고 하자 그녀가 시는 음악을 닮고 소설은 그림을 닮아서 그렇다고 했다. 그러면서 릴케 시는 독일 음악을 닮아 더욱 그렇지 않을까? 라고 해서 나는 신음하듯 아, 음악! 이라고 받았다. 그리고 밤까지 라흐마니노프의 피아노협주곡 2번과 차이콥스키 바이올린협주곡, 브람스 교향곡 3번을 들었다. 일어나기 전에 그녀가 내게 "고마워."라고 살짝 말했다. 베토벤 교향곡만 나오면 벌떡 일어나 두 팔을 휘젓거나 젊은 여성들에게 음악선생 노릇 하려는 남자들도 드나드는 곳에서 혼자 오래 있기는 불편했던 것이다. 고전음악반 친구들은 서울로 어디로 사라진 데다 우체국에 다니는 그녀로서는 낯선 주소와 무의미한 숫자에서 벗어난 공간이 절실했다.

나는 달려가고 그녀는 조심해서 천천히 걷는 식으로 우리의 만남은 이어졌다. 그렇지만 두어 번 농담같이 했던 말, 외사촌 형 된다는 진주 부잣집 외동아들을 만나야 하는데 어린 동생을 만나 혼란스럽다는 말속에 그녀의 입장이 담겨 있었다. 처음 포옹을 했을 때, 뜨거운 숨길 너머 불꽃이 툭툭 터지는데 놀란 듯 떨어지며 안 돼, 몇 살이나 위야, 음악만 듣고 살 수도 없고, 라고 탄식했다.

그래서 기운을 차리고 내가 말했다.

"다 했던 말이잖아요. 제대하고 바로 취직할게요."

"오오!"

그녀가 탄식했다.

"장교로 군에 가겠다고? 소위, 중위? 러시아 시인 푸슈킨이 쓴 소설에 대위의 딸이 있지. 우리 사이에 장교는 그 정도로 끝내야 해. 우린 쇼팽과 상드도 아니고 릴케와 살로메도 아니야. 그렇게 말할 수 있잖아? 우리가 맺은 동맹관계나 우리가 속한 세계는 유럽의 고전주의와 낭만주의 시대니까 말야. 넌 조숙하니까 낭만주의의 시대정신과 딱 맞잖아."

웃음도 짓지 않고 그녀가 말했다.

"그런 얘기 하며 살자니까요."

나도 모르게 큰 소리를 냈는지 시선이 모였다. 우리는 허둥지둥 일어났다. 길 하나 건너에 술집골목이 있었다. 저번에 한번 갔던 가게 앞에 내가 서자 그녀가 고개를 끄덕였다.

영화 화면에도 술집 장면이 몇 번이나 펼쳐졌다. 그곳에서 선거운동원들이 민심을 도발해서 폭행을 당하고, 김운범과 참모들이 모이기도 했다.

우리가 앉은 술집에서도 사람들이 선거 이야길 하고 있었다. 모이면 할 수밖에 없는 얘기인 데다 그런 말을 나누기 좋은 장소였다. 그렇기는 해도 옆 사람들의 목소리는 너무 높았다.
"말은 잘해. 국회서 5시간이나 마이크 붙잡고 있었다니까 어제 장충단공원에서도 청산유수였겠지."
"향토예비군하고 대학생들 교련을 없애겠다는 기 말이 되나. 사상이 의심스러운데 군대가 신임을 하겠나? 얼마나 자신이 없으몬 본인 입으로 정권을 잡으면 군대를 완전히 장악하겠다는 말까지 하겠노."
"대한민국 어델 가도 호남향우회가 와 있다는 것도 문제 아니가."
"전라도 사람들이 똘똘 뭉쳤으니, 우리도 내일 똘똘 뭉쳐야지. 그러면 무조건 100만 표 이상 이긴단다."
그녀 표정이 조금 불편해 보였다.
"너무 시끄럽네요."

"그렇지만 어째. 다른 델 가도 똑같을 테니 그냥 주문하자."

"그러죠."

우리는 생선회와 오뎅탕을 주문했다.

"헷갈려. 전라도 경상도 하고 나도는 소문이."

그녀도 어쩔 수 없는 건지 선거 이야길 했다.

"어제 늦게 집에 들어갔는데 세 들어 사시는 아저씨들이 내게 물었어요. 대학생들도 그런 얘기 하냐고? 난 학과 친구들까지 예를 들며 아니라고 했어요. 유 씨 아저씨라고, 전라도분인데 아버지께 앞에 선거 때도 그런 얘기가 있었냐고 물으니까 없었다고 그러셨어요."

"그래?" 그녀가 나를 물끄러미 바라보다 말했다.

"아버님이 시청 공무원 하셨다니 잘 아시겠다."

술과 음식이 놓이고 우리는 다른 이야기를 했다. 내 모든 신경은 다음 약속을 잡는 것, 그리고 런던심포니의 서울 공연 얘기를 하는 거였지만 실내는 너무 분위기가 들떠 있어 마음이 잡히지 않았다. 게다가 선거 이야기를 재탕 삼탕하고 있는 옆자리 남자들이 우리를 흘끔거렸다. 가장 꺼리는 일이었다. 의식하지 않았지만 젊은 남녀는 우리뿐이었다. 내가 급히 말했다.

"일어나요."

그녀는 가만있었다.

"일어나죠."

"왜 신경 써? 당연한데."

"화났군요."

"이만한 일로? 그래 나가자."

그녀가 먼저 일어났다. 밖으로 나간 그녀가 혼자 빠르게 걷다 멈춰 섰다. 두 발짝 뒤에 내가 있었다.

"나중에도 이럴 거 같지 않니? 남 눈에 띄어서 불편하고. 그리고 내 중심이지. 넌 앞으로도 위성처럼 맴돌 거 아니야."

"맞춰 걸었는데요."

"내 우선이잖아. 남자가 리드만 하는 세상은 아니지만 그래도 동등해야지. 그게 부부지."

나는 그녀의 손을 꼭 잡았다. "아파." 그래도 그녀는 손을 빼지 않고 우리는 같이 걸었다. 대청동 쪽으로 가며 나는 놓치지 않아야 할 말을 했다.

"다음 주에, 5월에 꼭 서울 가요."

앙드레 프레빈이 지휘하는 런던심포니오케스트라가 정경화와 협연을 했다. 두 번째 날은 피아니스트 존 릴과의 협연이었다. 집에서 구독하는 동아일보를 보고 1월부터 내가 말하고 있었다.

"흐흥, 정경화는 어린이날이지, 싱겁다야."

"당일치기 왕복 기차가 일 년을 즐겁게 해준다고 말해놓고."

"아, 백영오."

우뚝 멈춰 서서 그녀가 신음했다.

"아아." 그러고는 쫓기듯 말했다.

"이래선 안 돼. 아무래도 내가 결정해야겠지. 그렇지?"

"같이 해야죠."

"그런 게 아냐. 내가 요즘 선을 봐. 사람도 만나고."

가로등 불빛 아래 그녀의 얼굴이 굳어 있었다. 성공회 성당의 둥근 건물, 돔과 붉은 벽돌이 보이자 그녀는 술집에서 나왔을 때처럼 나를 앞서 걸었다. 대청동 인근에서 헤어질 때 그녀가 걸어가는 길이었다. 또 무슨 궁리를 하며 바삐 갈까. 멀어진다 싶어 내가 발을 빠르게 놓는데 그녀가 멈춰 섰다. 내가 옆에 서자 그녀가 나직이 말했다.

"목포, 알지이?"

지금껏 듣지 못한 어감이었다.

"내 고향이야아. 국민학교 3학년 때 부산 왔지만 집에선 무슨 말을 쓸까? 너가 백 대위가 돼도 니 엄마가 날 살갑게 못 대해. 내 엄마도 너에게 그럴 테고."

"아니에요. 엄마 아버진 그럴 분이 아니에요. 전혀

문제되지 않아요."

잠시 놀랐고 술집에서 선거 이야기를 들으며 불편해하던 표정까지 떠올랐지만 나는 태연하게 대꾸했다. 그녀에게 깊이 심어줄 내 진심은 여전히 단 하나였다.

"날 내밀려고 하지 말아요. 왜? 좀 어렵긴 해도 한 걸음씩 나아가면 되지 않겠어요. 제발 도망치지 말아요."

내가 울먹이고 그녀가 내 손을 잡았다. 땀으로 그녀의 손이 촉촉했다. 어느덧 우리는 포옹했고 지나가는 사람이 우아! 하고 휘파람까지 불었다.

영화에서 1971년 대통령선거는 끝났지만 나는 화면 가득 기차가 들판을 달리는 그 장면을 다시 붙잡았다.

그 봄에 그녀와 나도 바로 그 기차를 탔다. 선거가 끝나자 경상도 전라도 이야기는 자취를 감추었다. 집에서도 유 씨나 최 씨, 아버지도 이야기하지 않았다. 그녀와 나도 물론이었다. 우리는 아침에 출발해서 연주를 듣고 밤차로 돌아왔다. 우리가 두 번째 만나 고전다실에서 들었던 음악 중 브람스만 빠지고 나머지 작곡가를 그대로 다 만났다. 라흐마니노프는 피아노 협주곡 대신 교향곡 2번을 처음 들려주었다. 엘가의 코카인서곡도 처음이었다. 부산에 도착했을 때는 박명에 안개비가 날렸다. 그 새벽에 우리는 다시 라흐마니노프 2번을 우리 것으로 했다. 4악장의 그 절정을 위해 한없이 느리고 비감해서 아름다운 선율 그대로.

영화가 끝나가고 있었다.
그제야 든 생각이지만 음악은 들리지 않고 조명에만 신경 쓴, 어둠과 밝음만 선명한 영화였다. '그림자'로 불리는 서창대의 이미지를 효과적으로 살리면서 갖은 권모술수가 요동치는 정치판의 이면을 부각하기 위한 방법으로 보였다. 서창대는 1971년 4·27 대선 기간 후반부에 상대방 후보 편에 선다. 불리한 판세를 뒤집을 수 있는 계책으로 지역색깔을 내세운 장본인이 그였다.

영화 속 주인공 두 사람은 1971년 선거가 끝난 뒤 두 번 만나지만, 김운범 곁을 떠난 서창대 혼자 떠올리는 상상인 듯했다. 떠난 자가 떠났던 자리를 다시 찾는다는 심리를 콕 집어낸 연출로 이해되었다. 그럼에도 두 사람의 결별과정은 다소 모호해 보였다.

김운범이 자택에서 발생한 폭발사건을 두고, 자넨 준비가 덜 된 게 아니라 처음부터 정치를 해선 안 되는 사람이었다고 그를 혐의자인 듯 말하지만, 서창대는 중앙정보부의 정치공작에 의해 상대진영으로 넘어갔기 때문이다. 두 가지 사실이 겹쳐서 모호할 수도 있었다. 모호하다? 우리 삶에도 모호한 지점들이 존재한다. 그렇지 않은가. 나는 내게 말하고 있었다.

시간을 되돌릴 수만 있으면 얼마나 좋을까. 김운범이 서창대에게 그렇게 말한다. 1987년 대선에서 김영삼과의 동시출마로 여당후보를 당선시킨 결과에 대한 후회의 말이었다. 시간을 되돌릴 수만 있으면 얼마나 좋을까. 우리 모두 제 사연 따라 할 수 있는 말이다. 그녀에 대해 나 또한.

끝은 자막으로 처리했다. "그 자리에 서창대는 없었다." 김운범의 대통령 취임 장면 뒤의 텅 빈 화면에 그 글이 떴다. 나는 필름을 서창대 혼자 술집에 앉아 있던 장면으로 급히 되감았다. 서창대가 회한에 젖어 김운범을 추억하고 있었다. 그래, 떠난 사람이 떠나보낸 사람을 불러내는 거지. 내 입속에서 그 말이 맴돌았다.

카톡방 댓글에서 추억한 현욱이를 비롯해 고련강의를 보이콧한 친구들은 1971년 그해 여름방학 중에 '신체검수연기 불가통지서'를 받고 차례대로 입대했다. 3학년 1학기와 2학기 교련 학점을 받은 나는 재학 중 신검 연기 혜택을 졸업 때까지 그대로 누렸다. 다행히 공군사관후보생 시험에도 합격했다. 그녀에 대한 기억은 대전 교육사령부에서 받았던 교육기간은 물론 대구 K-2 근무 시까지도 비교적 선명한데 서울 대방동 공군사령부로 전속 간 뒤로는 흐릿하다.

  나는 그때부터 줄곧 서울서 살았다. 아무렇지도 않게, 그 시작도 까마득히 잊고 살고 있다는 게 새삼스러웠다. 쓰고 있는 마스크에 눈물이 스미고 있었다. 엔딩 자막이 빠르게 올랐다. 숱한 이름과 명칭이 오르고 사라졌다. 나는 그녀의 이름이 떠오르지 않아 다시 울었다. 흔하고 촌스럽다며 낮은 목소리로 알려주던 그 이름을.

1972년의 교육

1

하루가 무섭게 해가 짧아지고 있었다. 야외교장을 떠날 때 보이던 해는 행군 중에 사라져버리고 빈 하늘만 남았다. 산등에 걸린 노을도 제대로 한번 만나보기 어려웠다. 날씨가 맑은 며칠은 그런 가늠이라도 해보지만 흐린 날은 오후 내내 그저 어둑할 뿐이었다. 날이 갈수록 교육도 느슨해지는 기분이었는데 병들은 그걸 날씨 덕이라고 여기기도 했다.

특히 오후 훈련은 해 지는 걸 겁내기라도 하는 듯 빨리 끝나곤 했는데, 오늘 실시된 수류탄 투척훈련은 싱겁기까지 했다. 수류탄이 터지는 지점에 진흙이 많아 폭파음도 새는 방귀소리처럼 들리는 데다, 꿈자리

나쁜 애들은 물론 감기 걸린 아이들까지 열외를 시켜주었다.

병들은 집합 뒤에서야 훈련 단축이 오후에 급하게 잡힌 교육 때문이라는 설명을 들었다. 그리고 행군을 시작했을 때 정훈교육 이야기가 나왔다. 지구대별로 진행 중인데 오늘이 자기 부대 차례라는 말도 있었고 대대 내에서 지구대 하나만 지정되었다는 말도 있었다. 어쨌거나 야외훈련보다는 실내교육이 나았기에 병들은 무슨 정훈교육이냐를 두고 심심한 입을 달랬다.

"그거 교육 아니겠나."

"유신선거 말이지."

"선거가 아니고 투표다. 그냥 찬반 투표."

허상병이 박상병 말을 고쳐주었다.

"사람을 뽑아야 선거라 카는 가베."

뒤에 바짝 붙어 걷고 있는 홍일병이 거들었다. 옆에 선 차일병은 한 번씩 터지는 기침 때문에 대화에 낄 수가 없었다. 며칠째 기침감기로 고생 중인 그는 수류탄도 던지지 않고 지루한 시간을 보냈다. 그들은 창원 39사단 병력 중 일부로 같은 연대 출신이었다. 연대본부에서 사단본부로, 다시 낯선 보충대를 거쳐 이곳까지 오는 동안 친해졌다. 경남 지역 출신들이라 말부터 잘 통하는 데다 이래저래 죽이 잘 맞았는데, 계급과는 달리 일병 둘이 상병들보다 몸집이 조금 더 컸다.

 파월교육 중인 그들에게 유신헌법과 국민투표란 말은 뜬금없이 날아온 전보 같은 거였다. 어느 날 갑자기 본부 게시판과 식당 등에 널따란 공고문이 붙고부터 그 말이 흘러 다녔다.
 교육부대다 보니 일반부대보다 폐쇄적인 게 원인일 것이었다. 그러면서 지난달 전국에 내려진 비상계엄령이 이 일과 관련된다는 것 정도도 알아차릴 수 있었다. 39사 병력 중에서 박상병이 제일 먼저 유신이라는 헌법 이름이 좀 요상하다는 반응을 보였는데, 국민학교 동기 중에 정유신이란 계집애가 있었다는 싱겁기 짝이 없는 내용이 그 이유였다.
 그런 유신헌법과 국민투표에 대한 정훈교육을 오늘 받게 된 것이다.
 "중요한 건."
 박상병의 말은 차일병의 기침으로 잠시 끊겼다가 이어졌다.
 "그 투표가 우리를 편하게 한다는 거다. 그라몬 된 거 아이가."
 "날씨 때문이 아이라 투표 때문에 교육이 수월타 그

말이네."

"홍일병 니는 말 같은 소리를 해라. 해 빨리 진다고 헐렁하게 시키는 군대가 어디 있노? 우리같이 월남 가는 용사들을 느슨하게 교육시키몬 안 되지."

싱거운 뒷말에 다른 아이들까지 한바탕 웃고 난 뒤 박상병이 다시 말했다.

"만약에 투표 정훈교육이 있으몬 저녁에 특식이 나올 끼다."

"우리 박상병이 삼천포 도산지 허풍쟁인지 한번 보자."

"허, 우리 동네서는 명도라 칸다."

"여긴 산골이니까 명도보다 도사가…."

차일병이 기어코 한마디 끼어들다 기침을 바가지로 터뜨렸다.

얼마 뒤 병력은 부대에 도착했다.

부대는 비포장길 마을 삼거리에서 100미터 정도 안쪽에 정문을 두고 있었다. 군부대가 들어오면서 집들이 늘었지만 산과 하늘밖에 보이지 않는 오지인 데다 헐벗은 야산 아래 자리한 병영도 안정감이 없어 보였다. 똑같은 모양의 우중충한 막사와 거친 연병장뿐이었다. 거기다 계절까지 늦가을이었다. 입소 첫날, 연병장에 들어선 병들은 기운이 쭉 빠지면서 동시에 당황스러웠다. 정문에 들어서면서 받은 선착순 기합 때문이 아니라 적막감이 떠도는 부대 분위기 때문이었다. 뒤에 알았지만 앞의 기수가 떠난 뒤 막사는 한동안 비어 있었다. 공반기가 만든 썰렁함도 못 견딜 일이지만, 후방의 읍이나 소도시 인근에서 근무했던 39사 병사들에게는 그야말로 산 설고 물 선 곳이었다.

가장 먼저 기운을 차린 박상병이 그때 말했다.

"아이구, 와 이리 없어 보이노. 이놈의 데서 믿을 건 입뿐이겠다. 뭐라도 붙들고 떠들어야 지정신이나 찾지, 가만있다간 월남도 가기 전에 돌아뿌겠다."

그런 심사는 다른 병사들도 마찬가지였다. 이역의 전장으로 간다는 사실 자체에 마음이 붕 떠 있는 데다 임시로 잠시 머물다 간다는 마음까지 더해, 병들은 잠시도 가만있지 못하고 부산스레 지냈다.

2

식당에 집합했을 때가 4시였는데 실내에는 이미 전깃불이 들어와 있었다. 강당을 겸한 시설임을 유일하게 알려주는 단상 위에서는 낯선 병사들이 바쁘게 오갔다. 정훈교육을 담당하는 타 부대 아이들이었다. 어지럽게 입장한 교육생들은 단상을 보고 8명씩 일렬로 앉았다. 탁자와 의자가 붙어 있으니 식사 때는 얼굴을 마주 보았는데 이번에는 뒤통수를 보아야 했다.

얼마 뒤 단상으로 중위가 걸어 나왔다. 말쑥한 얼굴에 깔끔한 복장이었다. 그는 자신의 소속과 직위를 밝힌 뒤, 지금부터 유신헌법 국민투표에 관한 특별 정훈교육을 시작하겠다고 말했다.

우리나라는 현재 눈부신 경제발전을 이루고 있음에도 불구하고 대내외적인 안보위협이 계속되고 있다. 조국의 평화적 통일을 역사적 사명으로 하고 새로운 남북관계 정립에 대비하기 위해서는 강력한 지도체제가 필요하므로 시급한 헌법 개정이 필요하다. 국가의 근간이 되는 법을 바꾼다는 말이다.

정훈장교가 거창하고 딱딱하게 입을 열었다.

그가 설명을 하면 차트걸이 양옆에 선 병사 두 명이 가늘고 긴 작대기로 해당 내용이 적힌 차트를 한 장씩 넘겼다. 그동안의 경제발전 현황, 증가하는 수출 수치, 7·4남북공동성명 등의 제목들이었다. 두 명이 넘겨야 할 만큼 넓은 차트지에 글씨도 큼직큼직했지만 앞자리에 앉은 병들 눈에만 들어올 뿐이었다.

장교의 말은 계속되었다.

한국적 민주주의 토착화 작업과 그 밖의 정치 경제 사회 등 여러 분야에 걸쳐 진행될 모든 작업을 통틀어 유신이라 부른다. 10월부터 하니까 10월 유신.

장교는 병들에게 복창시켰다.

"10월 유신!"

졸던 병사들이 눈을 뜨고, 장교가 다시 복창시켰다.

"10월 유신!"

장교가 이번에는 못 박듯이 또박또박 말했다.

"이번 유신헌법 제정은 우리 대한민국과 국민 모두를 항구적으로 위기에서 구하는 구국의 헌법이다."

다시 제자리를 찾은 목소리로 장교의 설명은 계속되었지만 하품을 하거나 조는 병사들이 늘어갔다. 등받이가 없었지만 그런 불편함이 병들의 토막잠을 방해하지는 않았다.

얼마 뒤 정훈장교가 이제 결론이다, 라고 힘주어 말했다.

오는 21일에 실시될 유신헌법 개헌 국민투표는 우리 민족의 장래를 결정짓는 일이기에 여러분들의 귀중한 한 표를 옳게 행사해야 한다. 더구나 여러분은 또다른 반공전선인 월남전에 투입될 병력이기에 투표에서도 모범을 보여야 한다. 월남 전선에서 용감하게 싸워 국위를 높이고 무사 귀국하기 바란다.

졸던 병사들이 깨어나고 기지개를 켜거나 하품을 하면서 잠시 수런거림이 일었다. 장교는 그런 병사들까지 모두 청중으로 포용한다는 듯이 고개를 끄덕이며 단상 아래를 느긋하게 내려다보다 한마디 했다.

"누구, 질문 있으면 해도 좋다."

누가 손을 들었다.

"유신, 유신 하는데 유신이 무슨 뜻입니까?"

병들의 시선을 집중시킨 병사는 39사 박상병이었다.

"뭐?"

장교가 빽, 목소리를 높였다.

"유신헌법, 유신이 무슨 뜻이냐고? 그걸 몰라? 지금껏 설명했는데, 정말."

병들은 재미나는 시선으로 두 사람을 바라보고, 장교가 다시 말했다.

"유신이 뭐냐 하면, 명치유신할 때 그 유신. 그러니까 혁, 혁명, 아니 혁신하고 같은 말이라 생각하면 돼. 그래, 그러니까."

장교는 자신이 찾아낸 정답에 만족한 듯 굳었던 얼굴부터 풀었다.

"그러니까 낡은 걸 새롭게 바꾼다, 새롭게 뜯어 고친다. 그 말이지. 알겠나?"

"네. 잘 알겠습니다!"

박상병은 기다렸다는 듯이 다시 벌떡 일어나 큰 소리로 답했다.

정훈교육 뒤에 특식이 있을 거라는 박상병의 말은 맞았다.

교육이 끝나자 바로 석식시간이 되었는데 삶은 닭이 나온 것이다. 거기다 놀랍게도 막걸리까지 양동이로 날라져 왔다.

"우리가 도사님하고 같이 먹고 자다니, 영광이다."

허상병이 박상병을 추켜세웠다.

"영광인가는 몰라도, 간 큰 거는 맞소. 질문하란다고 진짜로 손을 드요? 그냥 끝내기 전에 해보는 말인데."

홍일병이 박상병을 보고 말했다.

"그냥 해본 말이 아이고 순서란 말이다, 순서. 그걸 해야 빨리 끝이 난다 말이다."

"그래도 처음부터 끝까지 유신헌법 설명했는데 유신이 뭐냐고 물으면 어짜요? 난 그 장교가 사람 놀리느냐고 불러낼 줄 알았소."

"그러는 홍일병 넌, 유신 뜻을 제대로 알았나? 유신 반대는 무신이가? 어려운 한자말만 실컷 늘어놓으면서 막상 알아야 할 건 말 안 하고 말이지. 우리가 모르는 건 꼭 알고 넘어가야지 그냥은 못 넘어가는 성질이거든."

"모르는 사람이 들으몬 진짜인 줄 알겠소."

홍일병이 놀리고 허상병이 말했다.

"그럼, 명치유신은 아는가 보네. 물어보지 않았으니?"

"뭐, 그런 유신이 있었겠지. 그라고 그런 자리에서 질문은 한 사람이 한 번만 하는 거라. 서울서 대학 다니다 왔다는 애가 분위기 파악을 못해."

"말하는 것도 도사답소. 정훈장교 그 친구 달달 외우긴 외웠는데, 목이 잠긴 거 보이…." 차일병이 거들고 나섰지만 기침이 터져버렸다.

허상병이 "우리 박도사가 당황케 했다?"라고 받아주자 차일병이 눈물을 찔끔 흘리며 고개를 끄덕였다.

"놀래기는 와 놀래노. 교육시키는 지가 잘 모르몬 어짜노. 하기사 이것저것 진주비빔밥처럼 섞인 걸 설명을 할라 카이 어렵기도 하지."

박상병을 허상병이 거들었다.

"내가 여간해서 같은 말 잘 안 하는 사람인데, 우리가 진짜 도사하고 같이 밥 먹고 잔다. 니 말이 딱 맞다. 아까 중위가 정치 경제 사회만 말했지만 교육 행정 외교 국방 법률까지 비벼서 만든 걸 가르칠라 카이 그 친구도 헷갈릴 수밖에 더 있겠나."

"내사 이번 교육 좋던데요. 잠시 졸다 깨어보이 누가 손 들고 질문까지 해서 빨리 끝내주고, 이렇게 또 회식까지 시켜주고."

홍일병이 닭발을 집어 들며 말했다.

"이 자식이 또 같은 소리. 너, 투표 첨 해보지?"

박상병이 홍일병을 쏘아보았다.

"정훈교육이 좋은 기 아이라 투표가 좋은 거다. 우리가 유권자 아이가."

"우리 박상병이 말하면 그기 다 정답이다."

"가방끈보다 더 긴 끈이 통밥이다, 통밥!"

박상병이 내놓고 우쭐댔다.

"유신이 큰일은 큰일인가 보죠. 내일모레 월남 갈 병력 데리고 교육시키고 회식도 시켜주는 거 보몬."

"찬성 비율이 높아야 되니까 그렇지."

"근데, 우리들 월남 가서 또 대통령 선거 하는 거 아니요? 그라몬 거기서도 한동안 할랑할 건데."

"그건 베트콩한테 물어볼 일이지, 우리 연대장 대대장이 정할 일이 아이다."

홍일병과 박상병 뒤에 허상병이 나섰다.

"조금 전에 교육받고 또 선거 소리 하네."

1972년의 교육

실내 전체가 너무 떠들썩해서 옆 자리에 신경 쓸 것도 없었지만 그는 목소리를 낮추었다.

"대통령을 국민들이 직접 뽑지 않는다니까. 그것도 국회 말고 통일주체국민회의라는 데서 뽑는데 임기도 지금까지 해오던 4년이 아닌 6년인데 그것도 계속할 수 있고. 그러니까 요점은, 우리가 앞으로 하는 대통령선거라는 것은 대통령을 뽑을 수 있는 사람들을 뽑는 선거만 한다 그 말이다. 아, 시펄 어렵네. 내가 하는 말이 맞기는 한지 나도 헷갈린다."

"내가 이때까지 투표 알리는 벽보 앞에 서 있는 병사를 딱 한 명 봤는데 그기 허상병 니였나? 읽느라고 욕봤다, 술이나 마셔라."

박상병이 술이 담긴 컵을 들었다.

"그래, 그기 몸에 좋겠다."

허상병이 반갑게 받았다. 술잔은 제각각이었다. 물컵은 드물고 피엑스에서 막걸리 사 마실 때 사용하는 백도나 장아찌 통조림 빈 깡통이 대부분이었다.

"차일병 니도 한 잔만 해라. 나중에 내하고 나가서 소주에 고춧가루 타서 한 잔 쫙 마시고 자자. 설설 끓는 페치카 옆자리 내가 손써서 비워둘게."

"아이구, 사양하겠습니다."

차일병이 막걸리 한 모금을 홀짝이며 말했다.

"박상병님, 자주 나가는 거 아이요? 상병 월급 갖고 무리지."

"곱하기 12는 했나? 그래, 홍일병 니 말 잘했다. 안 그래도 누구 한두 장만 빌려주라. 오늘 기분도 그렇잖은데 난 무조건 나갈 거다."

"도사 소리 듣는 사람이 돈 없다고 술 못 마시나?"

"현금 구하는 거 보이 술만 마실 기 아이라는 소리네."

"포복 작전을 펼지 안 펼지도 주머니에 지전 몇 장 넣어놓고 생각해봐야 될 거 아이가."

부대 밖 마을에는 술집들이 여럿 있었는데 아가씨들을 두고 술장사하는 집을 방석집이라고들 불렀다. 그들 넷도 두 번이나 젓가락을 두드리며 놀았는데 토끼나 매미라고 부르는 아가씨들과 잠자리도 가능했다. 술값은 외상이 통했지만 아가씨들과 노는 데는 현금이 필요했다. 마이가리라고 부르는 외상이 통하는 것은 교육이 끝나면 일 년치 봉급을 한꺼번에 받기 때문이었다. 월남에서는 전투수당이라고 해서 미국정부에서 주는 달러를 받는다 했다.

"꼬질대 조심하소. 독수리가 그거 새면 월남도 못 간다 안 합디까."

홍일병이 말하는 독수리는 부대 인사계 중사였는데

공수훈련을 받아야 달 수 있는 독수리휘장을 아주 자랑스러워해서 붙여진 별명이었다. 인사계는 입소 다음 날 안전사고를 비롯한 여러가지 주의사항을 알려주었는데 병들의 귀에 쏙 박힌 건 하나뿐이었다. 교육 끝난 뒤 신체검사에서 불합격하면 파월이 취소되며, 불합격 사유의 대부분은 여러분이 찾아갈 저 아랫마을 아가씨들한테서 받을 선물 때문이라는 말이었다.

"독수리 말을 믿나? 그라고 꼬질대를 그냥 쓰나, 투구 쉬우고 하지."

"오늘 나가면 대접받겠다. 국방부 공짜 술 마시는데 누가 지 돈 주고 술 마실 거고. 우리 도사님 머리도 잘 돌아가시네."

"차일병 니도 가자. 딸애들 입에 올리니까 기침도 안 나오잖아. 노는 토까이들이 공짜로 줄지도 모른다."

차일병이 고개를 젓자 박상병은 "내가 뜨끈한 국물 좀 더 얻어 올게. 목부터 풀고 다시 천천히 생각해봐라."라면서 일어섰다.

"현금 앞에서 돈독해지는 전우애가 눈물겹다."

허상병이 웃으며 담배를 피워 물었다.

담배연기가 자욱한 실내는 떠들썩한 말소리와 노래까지 더해 터질듯 부풀어 올랐다. 주말 외출 외박도 없이 갇혀 지내는 피교육생 신세에 공식적인 회식도 처음이었다.

정훈교육 다음 날 오후, 병들에게 등사지와 편지지가 지급되었다. 등사지에 인쇄된 글을 편지지에 그대로 옮겨 적어 집으로 보내기 위해서였다. 내용은 크게 두 가지, 유신헌법에 대한 설명과 국민투표에 꼭 참석하여 찬성표를 던지라는 것이었다.
그것도 다음 날 아침식사 전까지 제출이었다.
"차라리 야외교육이 낫겠다. 누구 밤샘 시킬 일 있나."
"어제도 한 거 오늘은 와 못하요."
"그래, 투표 홍보도 했는데 이 정도를 못해서야 되겠나."
박상병과 차일병이 주고받는 말에 허상병이 거들었다.
박상병은 어제 부대 밖에서 밤을 새고 아침에 들어오다 독수리에게 발각되어 기합을 받았다. 여섯 명이 붙잡혔는데 기합이 좀 특이했다.
"요 자식들, 국민투표 정훈교육을 일박이일로 했구나. 하던 교육이니까 여기서도 계속하자."
독수리는 그들을 식당 앞에 두 줄로 마주 세워 구

호를 외치게 했다. 한 쪽이 "유신" 하면 다른 쪽이 "헌법", 다음에는 국민과 투표를 반복하다 마지막에는 유신헌법과 국민투표가 구호가 되었다. 구호는 식사시간 내도록 계속되어 드느드는 병들에게 웃음을 선사했다. 창피는 당했지만 애교 수준의 기합이었다. 박상병이 뒤늦게 아침을 먹으면서 "아까 기합 끝난 뒤 독수리에게 찬성! 하고 경례 붙일 뻔했다."라며 웃긴 대로 투표 덕이 틀림없었다.

박상병을 놀려먹기는 했지만 편지지에 옮겨 적는 일은 여전히 귀찮았다. 한동안 입을 다물고 있던 홍일병이 구시렁댔다.

"닭 반 마리 줄 때 알아봤으야 하는데, 꼴랑 그거 먹이고 이런 일 시키나. 이럴 줄 알았으몬 어제 차일병 니가 내 것까지 온 마리 먹을 꺼 아이가. 내가 이거 안 보내도 우리 아부지 엄마 투표 잘 할 낀데 걱정도 팔자다."

"야가 와 이리 헤매노. 그러니까 와, 안 와도 될 군대는 와갖고 개고생이고."

박상병 말에 홍일병이 발끈했다.

"시끄럽소! 무슨 말을 그리 하요."

"허허, 방구 뀐 놈이 누군데 짜증이고. 39사 의리도 있고 그만하자."

박상병이 물러났다. 차일병은 두 사람의 이야기를 들으면서도 시선은 피했다. 잘못하다가는 짜증 나는 베껴쓰기를 두 번 해야 할지도 몰랐다. 홍일병은 무학이면서 국졸이라 속이고 군에 온 것이다.

잠시 뒤 홍일병이 "월남 가기 정말 어렵네. 젠장, 모르겠다."라면서 편지지를 사물함 안에 넣고는 대자로 누워버렸다.

다음 날 아침에 어김없이 편지를 회수했는데 같은 내무반에서 홍일병을 비롯해 제출하지 않은 병들이 열 명도 넘었다. 그리고 본부에서도 회수하기에만 바쁠 뿐 미제출자에 대해서는 아무 소리도 없었다.

"이럴 줄 알았으면 나도 홍일병 니 뒤를 따를 걸 그랬다. 괜히 내 손만 고생시켰네."

박상병 말에 홍일병은 아무 대꾸도 하지 않았다. 무슨 소리냐는 듯 표정도 없었다. 허상병과 차일병도 입을 다물고 있자 박상병이 싱거운 한마디로 마무리를 지었다.

"월남 가면 번갯불에 콩도 볶아 묵는 모양이다. 우리한테 교육 아인 기 어데 있겠노."

하지만 유신헌법 투표 교육은 그게 끝이 아니었다. 투표 전날까지 지구대장과 인사계의 교육이 매일 있었다. 지구대장은 저녁을 먹고 난 뒤 내무반을 다니면서 병들과 얼굴을 마주했다.

"여러분 자신이, 그러니까 내가 유권자니까 내 마음대로 투표할 수 있다고 생각한다면 그건 위험한 생각이다. 나라가 위기에 직면해서 새 헌법을 만드는 국민투표니까, 나라의 부름을 받고 와서 국가에 충성하는 군인이 찬반 어디에 도장을 찍을 것인가는 명확하지 않겠나. 무슨 말인지 알겠지?"

그러고는 눈에 띄는 병사의 이름을 호명해서는 "김수한 일병 어떻게 생각하나?"라고 묻고 "네, 일병 김수한. 맞습니다!"라는 대답을 얻어냈다.

너그러워질 대로 너그러워진 독수리도 교육에 열심이었다.

묘한 건, 독수리가 병들과 말을 섞고 나면 반대표 찍은 애들을 가려낼 수 있다거나 투표를 지켜보는 참관인 중 하나는 보안대 사람이라는 말이 조용히 돈다는 것이었다.

독수리는 투표 전날 오후에 모의 투표지까지 들고 나와 투표 방법을 교육했다. 그러면서 내일 생전 처음 투표하는 사람들이 많으니 잘 들어야 한다는 말을 여러 번 강조했다. 작년에 박정희 김대중 두 사람 간의 대통령선거가 있었지만, 병들의 나이로 보면 투표 자체를 처음 해보는 아이들이 대부분이었다.

독수리는 한쪽이 화살표 모양을 한 모의 투표지를 손에 들고는 말했다.

"여기에, 찬성 반대 이렇게 두 글자가 적혀 있고 칸이 이렇게 비어 있지. 여기다 도장을 찍는 거다." 그러면서 그가 오른쪽 집게손가락을 찬성 아래 빈칸에 갖다 댔다.

"여기 이 칸 안에 찍어야 한다."

이번에는 독수리가 모의 투표지를 자기 머리 위로 들어올렸다. "보이나? 잘 봐!" 그리고 다시 한번 오른손을 들고 손가락으로 투표란을 가리키는데 그때는 고개를 들어 투표지를 보고 찬성 아래에 집게손가락을 콕 찍었다.

"도장을 정확하게 눌러야 된다. 여기에." 다시 한번 그의 손가락이 찬성 밑으로 갔다. "그러지 않고 그냥 백지로 내거나, 찬성과 반대를 구분 지은 줄." 그가 종이를 내려 손가락으로 줄을 가리켰다. "여기 말이지 이 줄에 도장을 찍어서는 안 된다!"

마지막에는 투표 진행순서에 대해서도 설명했다.

"투표는 내일 아침 9시부터 실시한다. 사회에서 투표하듯 아무 때나 가서 자기 맘대로 투표하는 게 아니다. 순서대로 차례대로 한다. 중대별로 진행하는데, 교번 순서 그대로니 내가 누구 뒤이고 누구 앞인지 여러분 스스로 잘 알 것이다. 본인 확인해서 투표지 받으면 이 종이, 이걸 들고 기표소에 들어간다. 거기 있는 막대기 도장에 인주 살짝 묻혀 찍고 그걸 들고 나와 투표함에 넣으면 끝난다." 그때도 독수리의 오른쪽 집게손가락은 정확하게 찬성 밑에 가 있었다.

　교육 뒤, 병들은 석식 때까지 늘어진 자유 시간을 보냈다. 해가 나고 기온도 제법 높았는데 내무반에서는 전깃불까지 켜고 이 사냥이 한창이었다. 일찌감치 페치카까지 열을 내고 있어 그 주위 아이들은 팬츠바람이었다. 39사에서는 박상병이 먼저 동내복 상의를 벗고 이를 잡았다.
　"아무리 뜨내기들 모인 교육대라 해도 이십 세기 문명시대에 이가 뭐꼬. 내무반 이만 싹 없애주몬 내일 백 프로 찬성표 나올 낀데 말이지."
　"우리 도사님, 아가씨하고 선물 교환한 거 아이요."
　"뭐, 교환?"
　홍일병 말을 받던 박상병이 쥐고 있던 내복 상의를 그의 얼굴에 던졌다.
　"이 자식이, 내 꼬질대 새기를 아주 바라고 있네. 기분 나쁘게."

내복을 얼굴에 덮어쓴 홍일병이 후딱 떼내서 박상병 발밑에다 던졌다. 날아다니는 내복 안쪽 양 겨드랑이에 달린 헝겊 주머니가 덜렁댔다. 입소하던 날, 바늘로 꿰매 단 주머니에는 살충제인 디디티 가루가 들어 있었다.

박상병과 홍일병 사이에 누워 있던 차일병이 일어나 앉으며 투덜댔다.

"아, 씨팔. 남의 머리 우에 뭘 뿌리노! 며칠만 참고 부산 가서 배 타면 저절로 없어질 건데."

"이 사냥이 못마땅하면 니가 우리 데리고 피엑스나 면회실로 가든지."

"내가 무슨 호구가."

차일병이 모포를 목으로 끌어올리며 말했다.

"특박 나갔다가 고급 살롱서 사고 쳐서 파월 차출됐다면서? 일등병이 그런 데서 맥주 마실 팔자면 그기 보통이가."

셋이 주고받는 말을 듣던 허상병이 한마디 했다.

"내일, 나라의 운명을 결정짓는다는 날인데 국가의 간성인 우리를 내무반에 앉아 이나 잡고 있도록 하는 건 잘못이지. 대장 훈시도 그렇지만 독수리 쪼아대는데 질려서 나도 박도사처럼 찬성! 경례 붙이고 말까 하는데 맘 바꿔 먹어야겠다."

"비밀투푠데 자기 의사를 남에게 밝히면 안 된다 아이요."

"이 잡으면서 하는 얘기 아니가. 너무 공포 분위기 잡지 마라."

"그러니 왜 이를 잡아! 내일 신성한 표 던질 손에 피 묻히면 안 되지. 난 아까 독수리 손가락 닿을까 겁나더라."

차일병이 모포를 덮어쓴 채 중얼거렸다.

"감기 들었다는 것도 거짓말이네. 들을 말 다 듣고 할 말 다 하는 거 보이. 아이구, 막살 놓자. 내 혼자 잡는다고 없어지나."

박상병이 먼저 내복을 챙겨 입었다.

"저녁에 뭐가 나올까? 도루묵국이 나오는 건 아이겠지."

"그럼요, 지금껏 국민투표 교육한 기 도루묵 되는 건데 국방부 급양대서 그런 거 모를까이."

홍일병이 죽을 맞추었다.

3

좋은 시절은 거기까지였다.

투표 다음 날 아침에 기온이 영하로 뚝 떨어지고 밤에는 눈까지 내렸다. 눈을 제대로 본 적이 없는 39사단 넷은 연병장에서 눈싸움까지 한바탕 벌였지만 내리 사흘을 퍼붓자 제설작업 사역만 늘었다고 투덜댔다. 부대 뒤쪽의 얼어붙은 계곡이 병들의 몸과 마음을 떨게 했다.

날벼락은 정규 파월교육이 끝나는 날 일석점호 시간에 있었다. 자체적으로 하나 마나 하던 점호를 정식으로 한다는 것부터가 좋지 못한 징조였다. 지구대장과 독수리가 내무반을 직접 돌았다.

대장이 말했다.

"내일 수료식은 없다. 따라서 여러분의 이동도 없다."

이동이 없다는 것은 부산 부두로 가지 않는다는 뜻이었다.

"내일부터 대기상태로 들어가고, 구체적인 내용은 명령이 내려오는 대로 알려주겠다. 기간이 얼마 걸릴지는 모르지만 이럴 때일수록 기강이 중요하다는 건 모두가 알 것이다. 사고가 나지 않도록 각자 조심하고 본부에서도 안전에 만전을 기하겠다. 이상!"

병들은 처음에는 멍했다가 뒤에는 얼음바람이 부는 걸 느꼈다. 그리고 대장과 독수리가 나간 뒤 집을 뺏긴

벌떼처럼 왱왱댔다.

"이기 무슨 날벼락이고! 월남을 안 간다니!"

"교육 다 시켜놓고 와 안 가는데? 한 달 앞도 못 내다보는 군대가 어데 있노!"

"우와, 찬성표 달라고 살살 간질이고 달랠 때는 언제고 이제는 군기부터 잡겠다고?"

"국민투표 끝난 거하고 월남 가는 거하고 무슨 상관인데? 왜, 안 가고 대기하는지 그것부터 말해줘야 할 거 아이가."

"아무도 모르는 거지."

허상병이 말했다. 그러고는 박상병에게 눈길을 맞추었다.

"박상병 니가 육군본부에 통신 한번 때려봐라."

"시끄럽다. 내 무전기는 월남 정글에서만 터진다. 그보다, 내 일 년 봉급은 어찌 되노? 아, 씨팔 환장하겠네!"

박상병 목소리가 다급해졌다.

"그기 지금 젤 중요한 문제 아이가, 안 그렇나?"

다음 날부터 사역이었다. 가래 만들기, 흙벽돌 찍기, 새끼줄 깔판 만들기. 하다못해 쌓으면 곧 무너지는 돌담 보수까지. 본부에서는 어쨌든 병들을 뺑뺑이 돌리려고 기를 썼지만 병들은 대마초라도 빤 듯 몸은 흐느적거리고 마음은 붕 떠 있었다.

　병들이 정신을 바짝 차린 것은 본부 행정실에서 지급한 편지지와 봉투를 받고서였다. 두 번째 받아든 것이었지만 용도가 전혀 달랐다. 박상병이 외친 일 년치 봉급은 없던 일이 되었으니 외상값을 갚을 방법은 단 하나, 가족으로부터 돈을 받는 길밖에 없었다. 필요한 병들에게만 나누어준다고 했지만 백에 아흔이 받았다. 39사는 내무반에 퍼질러 앉았다.

　"우와, 환장하겠네. 마이가리 먹어라 할 때는 언제고 지금 와서 집에다 돈 보내달라고!"

　"우표는 안 붙이도 된다 안 하더나. 허허."

　"지금이 웃을 때가? 나라만 비상시국이 아이라 우리가 비상이다. 투표하고부터 와 이리 안 풀리노."

　"입소 첫날부터 믿을 건 입뿐이다, 했던 어느 분의 말씀이 씨가 된 거 아이가? 입이 어디 말만 하나, 말하는 입과 먹는 입 두 갠데 뒤에 입이 탈이 난 거지."

　박상병은 자기에게 하는 차일병의 말을 듣고도 대꾸하지 않았다. 대신 허상병이 한마디 했다.

　"잘 먹고 나서 그런 말 하면 안 되지."

　사병들에 따라 다르지만 외상을 진 곳은 부대 내 피엑스와 면회실, 바깥은 마을의 술집과 식당, 잡화상이었다. 피엑스를 제외한 면회실부터 모두가 민간인 상대의 빚이었다.

그들은 봉투에 주소부터 썼다. 3859부대 2대대 2지구대 5중대. 부대 주소는 같았지만 집 주소는 서로 달랐다. 홍일병은 저번처럼 앓는 소리를 하지 않았다. 돈 보내라는 말만 하면 되는 데다 꼭 해야 할 일이라는 걸 알기 때문이었다.

"오, 내 사랑."

느닷없이 차일병이 읊조렸다. 그리고 짧은 기침을 한 번 뱉더니 군복 상의 명찰 위의 삼각형 표식을 손으로 쓰다듬으며 말을 이었다.

"오 내 사랑, 나의 마이가리 어음. 니가 부도 처리 되다니!"

빨간 천 위에 박힌 아라비아 숫자가 그가 부여받은 교육생 번호였다.

"내가 월남 차출된 반분을 이놈으로 풀었는데 말짱 도루묵이 됐구나. 저번처럼 적을 내용을 아예 등사를 해서 나누어주든지 안 하고. 아버님 어머님, 기체만강하옵신지, 소자는, 이렇게 시작하는 거지?"

"기체후일향만강하옵신지요…다."

허상병이 편지지를 내려다보며 답했는데, 박상병은 관물대에 기댄 채 인상을 쓰고 바위처럼 앉아 있었다.

며칠 뒤부터 면회객이 찾아오기 시작했다. "돈 굴러 온다. 둘, 셋, 다섯!" 정문에 들어서는 민간인을 보고 연병장에 흩어져 사역을 하고 있던 병들이 외쳤다. 편지를 수령하는 병들도 늘어나고, 독수리가 매일 오전 오후 두 번이나 마이가리 청산 상황을 체크한다는 말도 돌았다.

차일병에게도 소액환이 동봉된 편지가 등기로 왔다. 마침 토요일 오전이었다. 우체국 마감 시간이 빠듯했지만 그는 행정실에서 외출증을 끊었다. 무조건 밖으로 나가고 싶었다. 따끈한 정종이라도 몇 잔 마시면 영감들 해소같이 질질 끄는 기침이 뚝 끊일 것 같은 기분이었다. 버스 시간까지 맞추지 못해 면소재지까지 눈길을 한 시간이나 걸어가서 기어이 현금을 손에 쥐었다. 듣던 대로 문을 닫은 우체국 대신 길 건너편 가게에서 소액환을 받아주었다. 가게 유리문에는 〈내 한 표 바로 던져 평화통일 앞당기자〉, 〈지지하자 10월유신 참여하자 국민투표〉라는 표어가 생생하게 붙어 있었다.

그가 아줌마에게 내민 한자로 일만 원이라고 박힌 소액환은 천 원짜리 지폐 아홉 장으로 돌아왔다. 그는 〈신약 취급〉이라고 써 붙인 한약방을 지나쳐서 제법 번듯한 식당을 찾아 데운 정종을 대포로 세 잔 마셨다.

그는 부대 앞 삼거리에 위치한 술집부터 들러 외상을 갚았다. 새카만 표지의 장부를 펼친 주인에게 교번을 알려주고도 야전잠바 단추를 풀어 상의에 박힌 교번을 다시 확인시켰다. 주인사내가 볼펜으로 교번에 줄을 그으며 "같이 왔던 친구 중 하나가 남았네."라고 말했다. 차일병은 그냥 주인이 쥐고 있는 볼펜만 내려다보았다. 금액까지 줄이 그이고 그 뒤 칸에 월일이 써졌다.

"오겠지요."

자기 바로 윗줄에 박상병 교번이 말끔하게 살아 있었다.

부대에 들어온 그는 정문에서 가까운 면회실로 갔다. 시중의 다방과 같은 곳이었는데 그는 A급 단골에 속했다. 마지막으로 피엑스에서 외상을 지우면서 39사 전우들에게 막걸리를 샀다.

"이놈의 동네, 숭칙하다. 십분의 일, 1할 떼는 와리깡이 어디 있노. 파월병들이 호구다 호구!"

"파월병은 무슨 파월병이고, 대기병이지."

홍일병에 이어 허상병이 말했다.

"여기만 숭칙하나, 군바리 있는 전국 어디나 다 그렇지. 정국이 하 수상한데 십 프로 와리깡이 문제가?

국회의원 삼분의 일이면 몇 프로냐? 그것도 와리깡인데."

대통령이 국회위원의 삼분의 일을 지명하게 된 새 헌법을 두고 하는 말이었다. 허상병은 옆자리 다른 병들과 눈이 마주치자 입을 다물었다. 그동안 파월 동기로 뭉쳐 허물없이 지내오다, 대기상태 이후 어지간히 친한 사이가 아니면 말도 잘 섞지 않는 딱딱한 분위기로 바뀌었다.

정작 입을 다물고 있는 사람은 박상병이었다. 그는 편지를 쓰지 않았다. 돈 벌려고 월남 가는 놈에게 돈이 어디 있느냐는 소리만 한 번씩 하면서 과묵하게 지내고 있었다.

오늘도 술만 마실 뿐 외상값 얘기에 끼어들지 않았다. 그래도 만만한 건 허상병이었다.

"박상병 니, 독수리가 가만있겠나?"

"가만 안 있으몬 어짤건데? 본래 계획대로 안 한 건 지것들인데."

"높은 데서 감찰반이 내려온다는 말도 있던데요."

"감찰 같은 소리 하네, 이기 다 한통속이 돼서 마이가리 긋게 한 대가리들 잘못이지 쫄따구들 잘못이가."

그는 홍일병 말을 받아넘긴 뒤 깡통에 반쯤 찬 막걸리를 마셨다.

"우리 동네서 카메라 티브이 전축 있는 집은 월남 갔다 온 동네형님집뿐이라. 내가 일찍 그거 보고 파월 파월 하고 자라서 여기까지 왔는데 운이 안 따르는 거뿐이다."

4

나쁜 운이 말로 끝나지는 않았다. 독수리가 드디어 움직였다. 곧 원대복귀될 거라는 소문이 떠돌던 어느 날 밤에 마이가리 오바자 집합이 있었다. 행정실 안에서는 '미납자'로 불리는 병들이었다.
"오늘부터 특별교육을 실시한다."
바람소리에 갈라졌지만 독수리의 목소리는 비장했다. 날을 골라잡기라도 한 듯 눈 내린 다음 날 바람이 칼같이 불어댔다.
"너희들은 주어진 여러 번의 기회를 돌멩이 차듯 차버리고 배짱을 부리고 있다. 부채를 졌으면 갚아야 한다. 더구나 너희들의 부채는 민간인들의 것이다. 군인은 민간인들에게 폐를 끼쳐서는 안 된다. 너희들이 마시고 먹은 것을 왜 갚지 않느냐? 어려운 상인들 입장을 생각해야지."

독수리는 걸음을 옮겨 두 줄로 늘어선 병들 앞을 오가며 말을 계속했다.

"너희들 생각은, 통밥은 이런 거지. 시간이 지나면 끝난다. 이곳을 떠나면 끝이다. 너!"

독수리가 지시봉으로 병사 하나의 이마를 콕 찍었는데 하필이면 앞줄 왼쪽 끝에 선 박상병이었다.

"네!"

갑작스레 기습을 당한 박상병이 한 걸음 뒤로 물러서면서 뒤에 선 아이의 발을 밟았다.

"아야, 이 새끼야!"

곤두선 신경이 폭발했는지 발을 밟힌 병사가 소리쳤다.

"조용해! 너 그렇지, 그런 통밥이지?"

"네, 상병 박동구!"

"맞아 안 맞아?"

"모르겠습니다!"

"몰라? 가만있어 봐라."

독수리가 박상병 앞에 버티고 섰다.

"니놈이 정훈교육 때 손 들고 유신이 뭔지 물은 놈이지, 그래 유신이 무슨 뜻?"

"네. 새롭게 바꾼다."

박상병이 얼른 답했다.

"또."

"또… 고친다."

"아니지. 뜯어라는 말이 들어가야지. 니놈 새카만 복장하고 대가리를 뜯어 고쳐주겠다. 복창해라. 뜯어, 고친다!"

"뜯어, 고친다!"

"전원 복창!"

반달이 차갑게 빛나는 허공으로 복창소리가 날아올랐다. 독수리가 지휘대에 올랐다.

"정신을 통일시키는 데는 정신과 한 몸인 육체가 최고다. 대충 대충 한다면 아침까지 갈 수 있다. 사격과 각개전투 훈련이다. 엎드려 쏴!"

총을 들고 있지 않았지만 병들의 두 손은 앞에 총 자세가 되더니 재빨리 연병장에 엎드렸다.

"뒤로 취침! 앞으로 취침!"

독수리의 명령이 빨라졌다. 병들은 등을 땅에 대었다가 다시 배를 댔다. 제설작업을 했음에도 군데군데 남은 눈이 얼어 달빛에 빛났다. 연병장에는 흙과 모래뿐 아니라 잔돌들도 숱하게 박혀 있었다.

"뒤로 취침 자세에서 철조망 통과!"

병들은 자기 가슴 위에 철조망이 쳐진 듯 땅바닥에 댄 등을 밀어 앞으로 나아갔다. 몇몇 병들의 호주머니에서 동전이 흘러 떨어졌다.

"계속 전진, 지폐가 나올 때까지 전진!"

잠시 뒤 독수리는 병들을 일으켜 세우고 동전을 줍게 했다.

"돈이 없는 건 아니지. 갚고 가야 맘이 편타."

그게 끝이 아니었다. 독수리가 내뱉듯 말했다.

"엎드려 쏴! 지금부터 낮은포복을 실시한다. 왼팔이 나갈 때 양심, 오른 팔이 나가면서 불량이라고 구호를 외친다. 실시!"

"양심!"

"불량!"

낮은포복은 점차 가슴과 엉덩이가 하늘로 치켜올라가는 올챙이 포복으로 바뀌어가다 끝났다.

정렬을 시킨 뒤 독수리가 지휘대에서 내려왔다. 그동안 병들은 팔꿈치와 무릎을 만지거나 소매를 걷어올려 피가 흐르는 상처를 확인했다.

"동작 그만! 차렷!"

독수리가 지시봉으로 장갑 낀 자기 왼손 바닥을 톡톡 치며 말했다.

"내일부터 여러분과 내가 할 일은 하나다. 여러분은 대민부채를 청산하고 나는 일과 후 쉬는 것이다. 내일 다시 이 시간에 야간 정신교육이 없기 바란다. 있다면 빤스만 입고 집합이다. 마지막으로 구호를 스무 번 외치고 해산한다. 앞줄은 양심, 뒷줄은 불량이다. 구호 시작!"

앞줄에 선 박상병은 양심이라는 말을 몇 번 외치다 입을 다물었다. 병들 앞을 오가던 독수리가 앞에 멈춰 섰지만 박상병은 그대로였다. 독수리 주위의 아이들이 더 큰 목소리를 내어서 구호는 오히려 더 높아졌다.

구호가 끝난 뒤 독수리가 박상병 명찰 위의 교번을 지시봉으로 눌렀다. 힘을 주어 밀었지만 박상병은 버텼다. 아까 발을 밟히고 욕을 퍼부었던 애가 두 걸음 물러섰지만 박상병은 자기 자리를 지키고 섰다.

"뭐야?"

"억울합니다!"

"뭐가 억울해?"

"일 년치 봉급을 받았으면 마이가리 오바가 안 됐을 겁니다."

독수리가 지시봉을 내렸다.

"이 자식 봐라. 명령이 바뀌었다고 했잖아! 파월 명령이 나야 일 년치 봉급을 받는데 그게 안 나니 받을 수가 없잖아!"

"마이가리 그은 건 마이가리 봉급이 나오기 때문인데 그기 안 나오니 갚을 수 없는 거 아닙니까."

"이 자식, 이거 순 억지네. 마이가리 갚은 니 친구들, 아니 대민부채 청산한 애들은 그럼 무슨 생각으로 갚았냐? 니놈한테만 그 돈이 쌩돈이고 다른 애들한테는 외상이구나."

독수리는 말을 멈추었다. 기합 받는 병들의 자세가 흐트러지면서 구경꾼이 되어가고 있었다.

"니놈은 따라와! 나머진 해산!"

독수리가 본부 행정실로 가기 위해 계단을 올라서자 그동안 기합을 지켜보던 병들이 내무반으로 슬금슬금 들어갔다. 그 속에는 39사단 셋도 있었다.

박상병은 30분쯤 뒤, 절뚝거리며 내무반으로 돌아왔다. 조인트를 까인 건 틀림없었지만 그 외 당한 것에 대해서는 입을 열지 않았다. 홍일병이 빌려온 빨간약과 안티프라민을 바르고 나자 허상병이 그에게 "야, 이거 받아라."라며 돈을 내밀었다. 3천 원이었다.

셋은 박상병이 독이 오른 독수리를 따라 행정실로 들어가는 걸 본 뒤 바로 돈을 모았다. 박상병 수중에 돈 한 푼 없는 게 확실한 만큼이나 한 푼도 갚지 않고 무사할 수 없다는 것도 확실해 보였다. 처음에는 각자 한 달치 봉급을 내놓기로 하다, 홍일병과 차일병은 천 원에서 백 원이 모자라고 허상병은 오십 원 동전을 내는 게 찌질해 보여 모금액을 천 원씩으로 통일한 것이다.

"고맙다."

박상병이 허상병의 손을 되밀며 "맘으로 받은 거로 할게."라고 덧붙였다.

"와 이라노. 우리 화끈하게 하고 끝내자."

"아이다, 이기 화끈한 거다."

박상병이 손을 거두고 말했다.

"그 돈이 다 쌩돈이다. 일 년치 봉급이 없다몬 우리가 함부로 마이가리 그었겠나? 내 말이 억진지 모르겠는데, 일 년 봉급이 나오기 땜에 마이가리 먹은 거 아이가. 그렇다면 전에 말한 그대로다. 내가 돈 벌러 월남 가려고 했는데 시절이 안 따라주고 운이 안 따라줘서 못 가고 특별교육 한 번 받았다."

"우리 도사님, 시원하게 정리도 잘한다."

홍일병이 재빨리 분위기를 잡았다.

"정훈교육 받던 날 빌린 니 돈은 내가 자대 가서 갚으께."

박상병이 차일병을 보고 말했다.

"경우가 다르다 말이요? 경우가 바르다는 걸 보여주겠다는 거요?"

차일병이 웃으며 말했지만 박상병은 굳은 얼굴을

풀지 않았다.

다음 날 밤에도 마이가리 미납자 소집이 있었다. 시간대가 소등과 취침이 이루어진 뒤로 바뀌고 오후 들어 눈이 퍼부은 게 달랐다. 39사 셋은 누가 먼저랄 것도 없이 밖으로 나왔다. 오싹 몸이 떨렸지만 벌써 연병장을 지켜보는 애들이 있었다. 외등을 피해 서 있어 그림자도 없었다.

집합한 병들은 이미 팬티 바람이었다. 지휘대 옆 계단에 그들이 벗어 놓은 옷과 신발이 정렬되어 있었다. 발목이 눈에 묻힌 병들은 차렷자세로 서 있고 독수리는 말없이 좁은 지휘대를 오갔다. 세워 둔 것 자체가 기합이었다. 병들의 두 팔은 겨드랑이 아래 상체와 하나로 붙었고 움츠릴 대로 움츠린 어깨는 목과 붙어 있었다. 산에서 쏟아지는 찬바람이 희끔하게 빛나는 눈 위를 타고 연병장을 휩쓸며 그들을 때렸다. 맨몸으로 열 지어 서서 부들부들 떨고 선 병들의 모습은 바람소리까지 보태져 아주 기괴스러웠다. 독수리는 다른 기합을 명령하지도 않고 훈계도 하지 않았다. 그런 침묵이 공포감을 더해주었다.

"씨팔, 미치겠네." 홍일병이 씹어뱉었다.

"외상 다 받는 장사가 세상에 어딨노. 독수리 저기 맨입에 저랄까."

차일병이 기침을 해대면서 몸을 심하게 떨었다.

"니는 들어가라. 셋이 다 본다고 해결되는 것도 아닌데."

허상병이 얼어붙은 차일병의 얼굴을 보며 말했다.

"좀 있다가요. 누구라도 보고 있어야 독수리가 더 심하게 못할 거 아니오. 순진한 생각인지 몰라도."

연병장에서 움직임이 있은 것은 그로부터도 한참 뒤였다.

"자, 제자리에서 뛴다. 제자리 뛰기 시작."

독수리가 나직하게 말했다. 병들은 움직였다. 얼어붙은 몸을 풀기 위해 점차 팔을 힘차게 흔들고 발도 높이 올렸지만 소리는 거의 나지 않았다. 얼마 뒤 포복이 시작되었다.

"어제처럼 왼팔에 양심, 오른팔에 불량이다. 포복 앞으로!"

눈밭에 엎드린 병들의 맨몸이 앞으로 나아갔다. 그들의 배는 눈에 쓸리고 등은 바람에 쓸렸다. 양심, 불량. 구호가 바람에 흩어져 막사 뒤에 붙어 선 병들에게 가냘프게 들렸다.

"멀리 와서 참 무서운 거 보네. 난 사실 투표하러 가면서 속으로 많이 떨었소."

차일병이 허상병을 보았다. 어둠 속에서도 두 병사는 딱딱하게 굳은 서로의 얼굴을 확인할 수 있었다.

"내가 어디에 찍든 누가 볼지도 모른다는 생각, 투표하고 나와서도 내가 제대로 찍었는지 걱정이 되더라고요. 그런데 시방 박상병 당하는 걸 보니, 또 다르게 무섭네요."

"그렇제."

허상병은 잠시 침묵하다 말했다.

"어쩌면 지금 우리가 그날 투표한 새 헌법의 진짜 모습을 보고 있는지도 모르지. 못 볼 걸 보고 있어서 그런지 그런 생각이 든다."

차일병은 대꾸할 말을 찾지 못하고, 한참 뒤에 홍일병이 "오늘은 박상병님 입 다물고 있어야 될 낀데."라고 걱정했다.

5

그날 기합은 홍일병 바람대로 끝났다. 그리고 마이가리 미납자 집합도 그날로 끝나고 이틀 뒤, 원대복귀 명령이 내려왔다. 명령 외에 어떤 부연 설명도 없었지만 병들의 입에서는 "월남도 좋겠구나."는 말이 절로 흘러나왔다.

파월 교육대에서 당일 도착이 가능한 사단소속 병력은 그쪽 차량이 직접 와서 데려가고 나머지는 보충대를 거친다고 했다. 거리가 먼 부대 아이들 이동이 먼저 이루어졌는데 39사도 그중 하나였다.

넷은 볕 좋은 막사 담에 기대어 앉아 담배를 피우며 트럭을 기다렸다.

차일병이 야전잠바 안주머니에서 사진을 꺼냈다.

"이거 한 장 남기고 가는구나."

"그날만 해도 월남이 바로 저 산 너머 있었다."

투표하던 날 넷은 사진을 찍었다. 처음 교육대에 와서 잠시 헷갈린 게 군복 입고 오토바이 탄 두 사람이었다. 파란 오토바이는 대위 계급장을 단 대장이었지만 계급장 없이 한 번씩 드나드는 사내는 누군가? 보안대 소속이란 말이 잠시 있었지만 민간인 사진사였다.

가족은 물론 애인이 면회를 온 아이들도 하나같이 그의 카메라 앞에 섰다. 빨간 오토바이는 삭막한 부대 풍경을 지워주는 뛰어난 무대장치였다.

찾아온 이가 아무도 없었던 39사 넷은 11월 21일, 투표를 한 뒤 처음으로 카메라 앞에 섰다.

"사진 보이 축이 많이 났네. 와 이리 홀쭉하노."

홍일병이 자기 이야기를 했다.

"짬밥 살이 인자 빠지는 거 아이가. 독수리가 국방부 정량이야 손댔겠나."

"군댓밥 먹은 지 십 개월인데 무슨 소리 하요. 투표 특식이 한두 번 빠진 거 아인가 몰라."

"투표 이야기, 꺼내지도 마라!"

박상병이 목소리를 높였다.

"유신헌법에다 국민투표 복창하던 내 입에서 양심 불량 소릴 나오게 하다니."

"그렇네, 그 말 맞다." 허상병이 나섰다.

"국민투표 에이급 홍보요원을 양심불량자로 몰다니, 독수리가 유신헌법을 모독한 거 아닌지 보안대에 한번 알아봐라 해야겠다."

"제대하고도 한 번씩 모입시다. 모임 날은 우리 박상병님 특별교육 받던 첫날로 할까요?"

차일병이 놀렸다.

"이 자식이! 파월동기라고 오냐오냐했더니 겁대가리 없이 기어오르는데, 자대 가서 보자."

박상병이 꽁초가 된 담배를 차일병 발치께로 던지고 홍일병이 말했다.

"겁주는 소리 마소. 안 그래도 어젯밤 꿈에 자대서 이 개월 고참이라고 갈구던 놈 얼굴이 보여 기분이 안 좋은데."

"여름도 아인데 얼굴이 다들 탔다."

허상병이 딴소리를 했다. 그의 손에 쥐어져 있던 사진이 그때서야 차일병에게 넘어갔다.

"남쪽나라 월남 이야기하고 살았으이 그렇지요. 그런데."

홍일병이 잠시 생각하다 말을 이었는데 목소리가 조금 젖어 있었다.

"이거저거 교육만 실컷 받고 결국은 원복이라니, 참…."

"기분 뭐 같제? 파월교육 하나 받았으몬 좋게 다 끝났을 낀데 별놈의 교육까지 끼어들어 갖고 다 망쳐놓은 거 아이가."

"그 말씀을 액면 그대로 믿겠습니다, 도사님."

차일병의 말을 지우듯 자동차 소리가 들려왔다. 트럭들이 줄지어 연병장으로 들어서고 있었다.

"가자, 일단 이놈의 교육대선 나가고 봐야지."

허상병을 선두로 셋도 엉덩이를 들었다.

"딱, 사십일 일 있었네요."

홍일병이 엉덩이를 털며 말했다.

"다섯 끗이 뭐꼬. 일곱 끗은 돼야 한번 찔러나 보지."

"다섯 곳에 못 찌르나? 간이 그렇게 작아 갖고 화투 짝 만지겠나. 홍일병 니도 기죽지 말고 찌를 땐 찌르고 배짱부릴 땐 부려라. 그래야 두 달 고참놈한테 안 당한 다. 국방부 지침에 두 달 고참은 하기 나름이다, 그렇게 적혀 있다."

"허, 떠날 때까지 입이 바쁘다. 웃다가 성내고, 왔다 갔다 그게 정신병 아닌가?"

"알몬 아이지."

차일병과 홍일병이 한마디씩 거들었다.

"그래. 우리가 이 골짝에서 농담 따먹기라도 안 했으면 어찌 배깄겠노."

허상병 말을 박상병이 받았다.

"첫날 내가 한 말이 그 말 아이가. 자대 가몬 심심할 끼다. 그 생각 하이 나도 여기서 영, 헛발질만 하다 간 다고는 생각 안 해볼란다."

"헛발질이 아이라 말이 꼬이고마는. 입이 두 개라니까 와 자꾸 하나만 들미요."

"그라고 보이 우리 도사님, 두 입 다 한 가닥씩 하셨네."

홍일병 말을 차일병이 거들고, 그들의 웃음소리가 햇살에 얹힌 찬바람을 타고 흩어졌다. 더플백을 멘 병사들이 연병장으로 모여들고 있었다.

이름 석 자로 불리던 날

1

기상! 기상! 불침번이 소리쳤다. 어느 한쪽에서는 바로 인기척이 났지만 대다수 대원들은 여전히 구덩이처럼 깊고 돌덩이처럼 무거운 잠에 빠져 있었다. 이 새끼들아, 기상이다! 드르륵 탕! 쇠가 울렸다. 먼저 일어난 간부들이 고함도 치고 몽둥이로 이층 철제 침대를 두들겼다. 그제야 잠 귀신에 붙잡혀 있던 육신들이 꿈틀댔다. 하품과 재채기와 방귀 소리. 그리고 하나같이 추리닝 속에 손을 넣어 몸을 박박 긁어댔다. 긁는 순서도 등과 겨드랑이로 시작하여 사타구니에서 끝나면서 침대 아래위에서 꾸물꾸물 기어 나왔다. 아무도 옷을 갈아입지 않았다. 내복이 지급된 뒤 추리닝을 벗고 자는 사람은 방금 연탄난로 곁에서 일어난 간부들뿐이었다. 대원들은 흐린 형광등 아래서 너절한 매트리스와 담요를 각지게 개었다.

얼마 뒤 총무가 소리치고 대원들이 복창했다.

"복도에 정렬!"

"복도에 정렬!"

침대와 사물함이 양쪽 벽으로 늘어져 있고 휑하니 빈 가운데가 복도였다. 대원들이 4열 종대로 줄과 오를 맞추었다. 반듯하게 선다고 섰지만 추위에 뻣뻣하게 굳은 자세를 숨기지는 못했다. 시멘트 슬레이트 건물로 파고든 찬바람을 십구공탄 난로 두 개로 데우기엔 실내가 너무 넓었다. 몸뚱이로 열을 내기라도 하려는 듯 차렷, 열중 쉬엇, 앉아 일어서, 동작이 되풀이되면서 간부들의 주먹과 발도 바쁘게 날아다녔다. 오늘은 중대장 점호가 있는 날이라 더 때려잡는 것이다.

"인원파악 실시!"

소대장의 말이 떨어지자 1조 조장이 나섰다.

"1조 앉아 번호!"

조장의 외침이 끝나자 대열의 맨 앞 왼쪽에 선 대원부터 "일!" 하고 소리치며 주저앉았다. 번호는 빠르게 이어져 이십구에서 멈추었다. 총무의 재확인이 끝나자 조장이 소대장에게 경례를 붙이며 보고했다.

"1조 총원 이십구, 이상 무!"

소대장이 고개를 끄덕이자 몇 걸음 뒤의 2조가 똑같은 동작을 반복했다. 3조와 4조도 마찬가지였다.

숫자는 얼마씩 차이가 났지만 중요한 것은 이상 무라는 소리였다.

"전체 일어섯!"

총무가 소리쳤다.

"소대장님께 경례!"

대원들의 오른손이 귀에 붙어 있는 상태에서 총무가 소대장 쪽을 향해 돌아선 뒤 경례를 척 붙이며 보고했다.

"소대 아침점호 끝!"

"세면 실시, 중대장님 점호 준비."

소대장이 경례를 받고 말했다. 나직하게 깔려서 더 힘 있게 들리는 목소리였다.

총무가 돌아서서 복창하자 대원들은 막사 뒤에 붙은 세면장으로 이동했다.

일자로 뻗은 시멘트 세면대 앞에 열 명이 나란히 섰다. 같은 조의 대원 둘이 세면대와 저수조를 경계 짓는 벽 위에 올라 플라스틱 바가지로 물을 부어주었다. 두 바가지로 손과 얼굴을 씻는데 간혹 머리까지 들이미는 친구도 있다. 머리가 가려운 것인데 쥐 파먹은 자리들은 바리깡에 살집이 뜯겨 나간 흔적이다. 세 번째 바가지로는 세면장에 들어서며 받은 소금으로 이를 닦는다. 칫솔을 꺼내 드는 대원도 있지만 열에 아홉은 집게손가락이다.

벼락치기 세면을 하는 동안 동작이 빠른 대원들은 세면대 뒤의 변소를 다녀오기도 한다. 하나의 실내에서 식사 외에 모든 게 이루어지는 구조다.

대원들은 다시 복도에 줄 맞춰 섰다.

"차렷! 열중 쉬엇!"이 반복되다 얼마 뒤 부동자세가 유지되었다. 일 분, 이 분, 시간이 갈수록 동작 중에 일어난 먼지도 제자리에 멈춘 듯 실내에는 정적만 팽배했다.

문을 열고 나간 소대장이 입구에서 소리쳤다.

"15소대 점호 준비 끝!"

칼 주름 진 작업복에 완장을 찬 중대장이 들어섰다. 화이트보드를 옆구리에 낀 중대장이 정자세 하자 소대장이 한 걸음 떨어져 경례를 붙이며 보고했다.

"15소대, 총원 백십칠, 현재 인원 백십칠, 이상 무!"

중대장이 귓가에 가볍게 올려붙였던 손을 내린 뒤에도 소대장의 오른손이 한참 떨렸다. 화이트보드의 15소대란에 동그라미를 친 중대장이 소대원들을 둘러보며 말했다.

"밤에 춥지는 않지?"

"넷, 아닙니다."

대원들이 소리쳤다. 난로가 설치된 다음 날, 소대장이 방금 중대장이 물었던 대로 수차례 반복하고 얻은 답이 녹음기처럼 나오고 있었다.

중대장 점호가 끝난 뒤 잠시나마 활기가 돌다 1조부터 막사 밖으로 나왔다. 입구를 나서자마자 모두들 찬바람에 몸을 웅크리며 두 손으로 귀를 감쌌다. 건물 앞 외등과 가깝거나 먼 불빛이 어둠 속에서 희미하게 빛났다.

소대는 운동장으로 향했다. 축구장만큼 넓은 운동장에서는 여러 소리가 바람에 흩날렸다. 미리 나온 소대들이 국기에 대한 맹세와 애국가 제창, 구보를 순서대로 행하고 있었다.

15소대도 얼마 뒤 구보에 들어갔다.

"왼발, 왼발. 야 새끼야 왼발!"

대열의 선두 우측에 선 1조장이 시작하고 2조장이 구호를 이어받아 뒤로 건너갔다. 발걸음이 어느 정도 맞추어지자 열 밖에 선 소대장이 외쳤다.

"지금부터 군가 한다. 군가는 〈진짜 사나이〉, 박수 시작, 군가 시작!"

대원들은 순서라도 잊을까 얼른 박수부터 치면서

잔기침을 내뱉고 가래도 끓어 올리며 목청을 가다듬었다.

짝짝, 박수에 맞춰 "사나이로" 소리가 나왔다.

"이 새끼들!" 소대장의 고함이 노래보다 더 크게 울렸다.

"죽을래? 더 크게, 다시!"

노래 소리가 높아졌다.

사나이로 태어나서 할 일도 많다만
너와 나 나라 지키는 영광에 살았다
전투와 전투 속에 맺어진 전우야
산봉우리에 해 뜨고 해가 질 적에
부모형제 나를 믿고 단잠을 이룬다

가사와는 전혀 어울리지 않는 체구들이지만 노래만은 음정 박자 모두 찰떡같았다. 이름이 다르고 나이가 다르고 생긴 게 달라도 짧게 깎은 머리와 입고 있는 푸른 추리닝이 같듯이 잘 맞춰 부르며 달렸다.

노래가 바뀌었다.

새벽 종이 울렸네 새 아침이 밝았네
너도 나도 일어나 새 마을을 가꾸세

살기 좋은 내 마을 우리 힘으로 만드세

우리 모두 굳세게 싸우면서 일하고
일하면서 싸워서 새 조국을 만드세
살기 좋은 내 마을 우리 힘으로 만드세

초가집과 부자 마을이 나오는 2, 3절은 건너뛰고 4절로 바로 넘어가 애국심을 불리었다. 대원들은 다음 노래가 무엇인지 알지만 당장 중요한 것은 앞사람 신발을 보며 맞춰 뛰는 것이다. 한둘, 한둘, 왼발, 왼발. 걸음에 온 신경이 가 있지만 어느 지점에서는 모두 시선을 든다. 창고 서너 채를 이어 붙인 식당 앞에 대기 중인 소대가 보인다. 언제 저 자리에 섰다가 밥을 먹나?
 "이번 노래는 〈어두운 밤에〉!"
 생각은 딴 데 팔려 있어도 이번 노래도 찰떡같이 구덥다.

어두운 밤에 캄캄한 밤에 새벽을 찾아 떠난다
종이 울리고 닭이 울어도 내 눈에는 오직 밤이었소
우리가 처음 만난 그때는 차가운 새벽이었소
주님 맘속에 사랑 있음을 나는 느낄 수가 있었소

노래대로 차가운 새벽어둠이 거두어지고 있었다. 산자락에 가리긴 했지만 막사동과 공장 쪽으로 빛이 어렸다. 이곳에 들어온 지 한 달째인 103번도 4개월을 넘긴 64번만큼 잘 불렀다. 모두가 잡혀 온 다음 날부터 두들겨 맞으며 찬송가와 군가부터 배운다. 몇몇 찬송가는 주일날 교회에서도 반복해서 부르기에 더 빨리 익힌다.

그때 대열 중간의 걸음이 흐트러졌다. 누군가 걸음이 느려지면서 뒷사람이 밟고 같이 넘어진 것이다. 옆으로, 옆으로 소리치며 총무와 조장이 뛰어들었다. 넘어졌던 뒷사람은 재빨리 일어나 뛰어나가고 앞사람은 엎어진 채로 움직이지 않았다. 62번이다. 그는 밖으로 끌려가면서도 "내 신, 내 신."이라고 중얼거렸다. 대원 하나가 번개같이 검정 고무신을 주워 대열 밖으로 던졌다. 62번은 제대로 서 있지 못하고 주저앉았다. 그가 "살려주소, 가슴이 갑자기."라고 신음하는데 조장이 발을 날렸다.

"찍히게 와 지랄이고!"

"살려주소. 심장이 안 좋아서, 어제도⋯."

62번은 두 손으로 머리를 감싸고 뱀처럼 몸을 둥글게 만 채 힘들게 내뱉었다. 고물 수집상이었던 그는 몇 달째 고물상 주인이 물건값을 주지 않자 술김에 따지다 파출소를 거쳐 이곳에 들어왔다. 혼자 살지만 벌이도 있고 거주지까지 명확한데도 순경은 부랑자에 상습 주취자로 몰았다.

"지랄 같은 소리 마라. 염통이 어디고, 내가 밟아서 낫아줄께!"

이번엔 총무가 발을 치켜드는데 목소리가 들렸다.

"소대로 보내."

지나가던 중대장이었다.

구보를 마친 15소대는 오리걸음으로 몸을 더 후끈하게 하고서야 식당 앞에 섰다. 하지만 땀이 식은 몸은 더 떨리고 배만 고프다. 그때 식당 후문에서 식사를 마친 다른 소대원들이 하나둘 나와 자기네 막사로 앞 다퉈 달려갔다. 얼마 뒤의 자기들 꼴이었다. 하지만 그때는 그때고, 지금 심정은 그래, 이 새끼들아. 빨리 처먹고 나와! 그 하나뿐이었다.

드디어 앞 소대에 이어 그들도 경사길을 올라 식당에 입장했다. 안으로 몸을 넣자 훈기가 된장 냄새와 같이 떠돌았다. 냄새는 몇 걸음 들어갈수록 더 심해졌다. 몇몇 대원들은 손으로 입을 막으며 구역질을 목구멍 아래로 밀어 넣었다. 똥국이란 말이 토기에 앞서 떠올랐을지도 몰랐다. 시래기 된장국이 그렇게 불리는 것은 색깔도 그렇지만 질리도록 먹어오고 있기 때문이었다. 15소대는 방금 씻어 물이 뚝뚝 떨어지는 식판과 숟가락을 받아서는 배식구로 향했다. 밥, 국, 찬 순인데 꽁보리밥, 시래기된장국, 깍두기와 콩나물무침이다. 담아주는 사람이나 받는 사람이나 기계같이 움직인 덕분에 줄은 빠르게 줄었다.

식사 시작, 소대장 지시와 복창이 터지고 숟가락이 플라스틱 식판과 입 사이를 바쁘게 오갔다. 토할 것 같은 된장국도, 고춧가루가 보이지 않는 깍두기나 콩나물도 잘도 넘어간다. 없어서 못 먹는 것이야 어쩔 수 없다 하더라도 앞에 놓인 음식을 시간이 모자라 남기는 건 정말 못할 짓이다.

대원들은 식사를 하면서도 귀를 쫑긋 열어두고 있었는데 마침내 "식사 끝, 선착순 삼십!"이라는 소대장 소리가 들렸다. 식당에는 줄지어 갔지만 내무반 집합은 선착순이다. 어제 아침의 20보다는 낫지만 50보다는 못한 숫자다. 둘, 또 둘, 다섯, 그런 숫자가 식판을 들고 일어나 잔반통과 세척대가 있는 후문 쪽으로 달려갔다. 삼키듯 다 먹은 사람이야 당연하게 일어나지만 두 숟갈 남기고 서른 안에 드는 게 낫다는 통밥으로 벌떡 일어난 대원도 있다. 수용인원이 느는데도 식당은 그대로니 뺑뺑이를 돌리는 것이다.

선착순 삼십에 들지 못한 대원들은 빳다 세 대씩을 맞았다. 그리고는 곧바로 구경꾼이 되었다. 2조 조장이 선착순에 들지 못한 38번을 따로 불러낸 것이다.

"너 이 새끼, 어제는 들어와 놓고 오늘은 와 안 들어왔노? 장난치나?"

"아닙니다. 열심히 뛰었습니다!"

"뻥까고 있네! 내가 꼽나?"

"아닙니다!"

답이 끝나기도 전에 조장의 좌우 주먹이 38번 면상을 연속으로 가격했다. 38번의 두 손이 얼굴로 올라가자 이번엔 가슴으로 발이 올라갔다. 폭삭 주저앉은 38번에게 욕설과 발길질이 이어졌다.

"까불이 촉새 새끼, 니가 지금도 조장인 줄 아나?"

조장의 첫마디는 소대장만이 불렀던 38번의 별명이다. 쭈그리고 앉은 채 머리가 밟히고 등이 밟히다 38번은 개구리처럼 뻗었다.

"기어오르면 죽는다! 죽어!"

일주일 전에 조장에서 일반대원으로 강등된 38번은 첫날 모포를 덮어쓴 채 밟히고 두들겨 맞는 모다구리를 당한 뒤부터 매일 한 번 이상 매타작을 당했다. 자기 조 대원이 불침번 서다 두 번이나 연탄불을 꺼뜨린 데다 한 침대를 쓰는 놈들끼리 싸움까지 난 것이다. 소대장은 기합으로 넘어가지 않고 조장직을 박탈해버렸다. 사고라는 게 한번 나면 계속 날뿐더러 더 크게 난다는 걸 아는 데다 꿈자리도 며칠 사나웠던 것이다. 일주일째 샌드백 신세가 되고 있는 38번이나 죽일 듯이 조지고 있는 새 조장도 강등과 진급 신고 절차를 밟고 있는 중이었다.

그때 실내 한쪽이 수런대고 문을 열고 들어온 소대장이 그리로 갔다.

"뭐꼬?"

"이 자식이 이상합니다."

총무가 대답했다. 선착순 기합이 끝날 무렵 총무는 구보 때 쓰러진 62번을 살피러 왔는데 흔들고 말을 걸어도 반응이 없었다. 총무는 다시 고개를 숙여 62번 입가에 귀를 댔다. 약하긴 해도 숨소리는 들렸다. 이번엔 손가락으로 눈꺼풀을 열어보는데 움직임이 없고 손을 떼자 아주 천천히 덮였다.

"어떻노?"

소대장이 물었다.

"숨은 붙어 있는데 눈깔이 풀어졌습니다."

"다시 흔들어봐라."

62번은 총무의 손길만큼만 흔들렸다.

"야, 화장!"

소대장이 자기 자리를 내주고 주춤거리는 64번을 불렀다. 어선에서 주방 일을 했다는 자였다.

"네!"

"이 새끼한테 무슨 일이 있었나? 언제 아프다카대?"

갑자기 자기를 부른 데 당황한 듯 64번이 주춤 어깨를 떨었다. 키도 작은 데다 말라깽이였다.

"잘, 잘 모릅니다."

"아니라고 해야지 모르다이."

소대장이 64번 얼굴에 다가가던 주먹을 거두며 총무에게 눈길을 돌렸다.

"아침부터 지랄이네. 시간 되거든 종교부장하고 의무과에 갖다 눕혀라."

소대장 지시에 종교부장은 긴장했다. 62번보다 64번 때문이었다. 며칠 전 오후 늦게 그는 운전교육대에 불려가서 64번 이야기를 들었다. 자기와 똑같은 추리닝을 입은 젊은 놈이 교육대 사무실에 혼자 앉아 기다리고 있었다.

"15소대 종교부장 맞아?"

대뜸 반말이었지만 상대가 세게 나오면 일단은 기어드는 게 이 동네 법이었다.

"야."

"소대원들하고 잘 지내겠네. 64번하고도 잘 지내지?"

대답까지 할 건 없다 싶어 가만있는데 그가 할 말을 했다.

"내가 물건 하나 만들라는데 좀 도와주라."

배에서 밥을 짓든 그물을 당기든 결국은 어부일 텐데 그런 64번을 물건으로 만들겠다니 요상한 소리였다.

하지만 종교부장의 회상은 "청소 시작!"이라는 소대장의 지시와 복창소리에 깨어졌다.

2

8시가 되기 전에 잘게 쪼개진 인력들이 철공장과 목공장, 신발공장과 채석장 등으로 향했다. 다음은 열 손가락이 좀 넘는 숫자가 직업훈련을 받기 위해 운전교육대 등으로 떠났다. 15소대는 노동력이 좋아 채석장에서 잔돌 고르는 일까지 거의 백 프로 출장이다. 그제야 침대에 방치되어 있던 62번을 종교부장이 둘러업고 총무와 같이 밖으로 나왔다.

"아, 씨팔 되기 무겁네. 축 처지는데…. 엉덩이 좀 받쳐라."

"냄새나는 구멍을?"

"급할 땐 요긴하게 써먹잖아."

총무는 입을 다물고 62번의 허리를 붙잡아 올렸다. 총무는 군대로 치면 행정병으로 서열이 소대장 다음이고 종교부장은 끗발은 없지만 그래도 종교정신에 기반한 시설이라는 점에서 한 수 먹고 들어가는 자리다. 종교부장은 붙들려 온 뒤 신상카드 작성 때 종교 여부에 기독교라고 답하고 동네 교회 이름까지 댄 덕분에 지금 직을 꿰찼다. 집 뒤에 교회가 있어 새벽 종소리를 들으면서 자라기도 했지만 사무실의 책꽂이에 성경책이 수십 권 꽂혀 있는 걸 보고 잽싸게 머리가 돌아갔던 것이다. 노래까지 받쳐주고 입도 야물었다.

"××들 공장 가네. 노는 배에 노 좀 젓게 안 해주나. 이러다 물건에 곰팡이 피지."

그들의 눈에 줄지어 움직이는 여자소대원들이 들어왔다. 편물, 봉재, 신발공장으로 가는 길이었다.

"아침부터 진짜 × 같은 소리 하네. 저 꼬마들 춥겠다. 공부는 제대로 시키는 거가?"

다른 방향으로는 분교로 가고 있는 아동소대 아이들도 보였다.

"이 동네 국민학교 선생들이 온다는데 놀다야 가겠

나. 근데, 아무리 골 때리는 부모라 캐도 지 새끼 걱정도 안 될까."

"가출했거나 술쟁이니까 이웃에서 신고했겠지."

그때, 기차 지나가는 소리가 울렸다. 새벽부터 몇 번 났지만 귀에 담기기는 처음이었다. 그들이 내려가는 언덕길 아래에 구관과 신관이라 부르는 건물 두 동이 보이고 더 멀리 굳게 닫힌 정문이 높은 담장 사이로 얼굴을 빼꼼 내밀고 있었다. 구관 가기 전의 구석진 곳에 숨은 듯 엎드린 2층 건물이 의무과와 병동이다. 입구에서 지키던 경비가 총무 말을 듣고는 굼뜨게 문을 열었다.

경비가 중문 하나를 다시 열고서야 종교부장은 62번을 내려놓을 수 있었다. 좀 있다 병동 관리원이 나타났다.

"뭐고?"

"구보하다 엎어졌습니다."

총무가 답했다. 관리원이 침대에 누운 62번의 양쪽 눈꺼풀을 열어본 뒤 내뱉었다.

"이 자식들이 아침부터 시체를 메고 왔네."

"그래요? 우리가 업고 올 땐 숨을 쉬었는데요."

"입에다 키스해보라모."

"지랄 같은 새끼네."

시신이 된 62번은 삐들쳐두고 말만 오갔다.

"넘어진 놈이 와 죽노? 누가 손을 댔지."

"아입니다!"

염통을 밟아주겠다고 설쳤던 총무는 정신이 번쩍 들었다.

"중대장님이 보고 소대에 눕히라 캐서 그대로 뒀다가 지금 온 겁니다."

"이름이 뭐고?"

관리원이 묻고, 의무실로 오기 전에 소대 명부를 보고 외웠던 이름을 총무가 말했다.

"박진호."

62번은 죽어서 이름 석 자로 불렸지만 아직 번호 하나가 남아 있었다. 이곳에서 주민등록번호로 불리는 일련번호가 본관 사무실에 비치된 신상기록카드에 번듯하게 살아 있는 것이다.

"의사선생이 출근해서 판정하겠지만 시체가 맞다. 뒤에 또 올 것 없이 여기다 지장이나 찍고 올라가라. 주둥이 조심하고."

관리원이 서류 한 장과 인주갑을 내밀었다. 그도 지장을 찍고 있는 둘과 같은 신분이지만 여기서 짝을 만나 결혼해서 아이 낳고 산다는 점에서는 하늘과 땅 차이였다. 병동 관리원은 물론 중대장도 경비원들도 모두 이곳 출신이니 고분고분 말 잘 듣고 지내고 싶은 본보기들이다. 그때 의무실 밖에서 쇠기침 소리가 터져 나오고 그게 신호인 듯 퀴퀴한 냄새까지 몰려왔다. 환자 대다수가 폐병쟁이들이었다. 먹는 것 없이 일도 많이 하는 데다 먼지구덩이인 실내에 갇혀 지내기 때문이라는 정도는 총무나 종교부장도 알고 있었다. 지하에 있다는 중증 정신질환자들까지 떠오르자 그들은 부리나케 병동을 빠져나왔다.

소대 막사로 올라가며 총무와 종교부장은 두고 온 62번 이야기를 계속했다. 갇혀 지내니 화제도 맴돌았다.

"산에 가나? 대학병원엘 가나? 사고로 죽지 않았으니 뒷산에는 안 가겠네."

"돌팔이 의사보담 원장 맘이겠지. 해부용으로 보내야 돈이 되지."

늙은 의사는 제대로 된 진단과 치료는 물론 약도 잘 주지 않았다.

"근데, 시체 메고 왔다는 소릴 들어 그런가 갑자기 더 춥고 떨리네."

"갈 때까지는 명줄이 붙어 있었다. 관리원이 올 때 꼴까닥한 거니까 시체는 안 멨다."

그때 입 조심하라는 병동 관리원의 말을 어겨서인

지 그들은 원장 일행과 딱 마주쳤다. 등산복 파카를 입은 원장이 앞서고 간부직원 둘과 중대장이었다. 총무와 종교부장은 추리닝 바지에 찌르고 있던 손을 급히 빼고 경례했다.

"많이 춥구나. 이 시간에 어딜 돌아다니냐?"

선수 출신 감독같이 단단한 체구의 원장이 물었다.

"아입니다!"

나무토막같이 굳은 총무와 종교부장이 동시에 소리쳤다. 하늘같이 높은 원장이었다. 말해놓고 보니 답할 게 하나 더 있었다. 총무의 머리에는 방금 종교부장과 나누었던 말만 뱅뱅 돌았다.

"의무실에 15소대 62번 놓고 갑니다. 갈 땐 살았는데…."

총무가 쫓기듯 뒷말까지 뱉었다.

"죽었답니다."

"그기 아니고…."

종교부장이 더듬는데 워커발이 둘의 촛대뼈를 가격했다. 어느새 한 걸음 앞으로 나온 중대장이었다. 지켜보던 원장이 말했다.

"이 자식들이 도대체 무슨 소릴 하는 거야. 야, 중대장."

"넷!"

"아프면 미리미리 의무실로 보내고 조처를 하게 되어 있잖아. 저런 소리가 애들 입에서 함부로 나와 되겠어? 오늘….”

원장이 뒷말을 삼키고 걸음을 놓자 간부직원들이 사고 친 총무와 종교부장은 물론 중대장에게까지 인상을 긁고는 돌아섰다.

"구보 때 엎어진 놈이가?”

얼굴에 독기가 가득한 중대장이 묻고 총무가 답했다.

"넷.”

"바로 안 옮기고 뭐 했나. 너희 두 놈, 죽었다 복창하고 대기해.”

중대장이 내뱉고는 원장 꽁무니에 따라붙었다. 남은 둘은 머리가 텅 빈 채 제자리에 한참 서 있었다. 원장 일행이 완전히 사라진 뒤 종교부장이 말했다.

"씨팔, 진짜 초상났네. 그냥 눕혀놓고 온다 카몬 되지 죽은 거까지 와 까노? 아침부터 대가리들 뭉쳐 다니는 거 보이 오늘 누가 오는가 본데, 하필 이런 날 그놈의 새끼가 와 죽노.”

"금방 들통날 건데, 안 까? 하여튼 재수 옴 붙었네. 62번을 박진호라 불러줘서 이리 됐나? 아, 돌겠네.”

62번을 의무실에 데려오기 전에서야 이름을 확인한 것처럼 이곳에서는 모두가 번호로 불렸다. 자신이 숫자에 불과하다는 생각을 머릿속에 박아서 죽어지내게 하는 효과도 있지만, 들고 나는 게 잦아 이름으로 부르기도 어려웠다. 연고자가 나타나면 내보내는 게 원칙이었다. 총무는 화딱지가 치밀었다. 육교에서 행상 자리를 두고 다투다 잡혀 와서 시골집으로 편지를 썼지만 가족 누구도 찾아오지 않았다. 일반소대에 처박힌 뒤에야 쓴다고 편지가 아니고 우표 붙여 우체통에 넣어야 편지라는 걸 알았다. 사람 하나가 돈이니 가정통신문과 함께 보냈다는 사무실 말을 믿을 수가 없었다.

"아프몬 바로 의무실에 눕힌다고? × 까고 있네!"

총무가 원장을 씹었다.

"죽는 건 알아도 우리 입에서 그 소린 못 듣겠다는 거지."

"잘못하다간 우리가 덮어쓰는 거 아이가? 관리원새끼부터 간을 봤잖아. 아 시팔."

"몽둥이에 대가리 깨져 죽는 놈도 봤지만 문제는 원장이 열받았다는 거지. 미치고 팔짝 뛰겠네!"

둘 다 머리가 팽팽 돌아갔다. 토껴? 라는 말도 달려들었다. 도망 다음에 따라붙는 말은 아오지였다. 탈출자나 말 안 듣는 골통들을 모은 근신소대가 아오지다. 총무와 종교부장은 비슷한 시기에 들어온 데다 나이도 동갑이라 가까이 지내고는 있지만 도망가자는 말까지 입 밖에 낼 수는 없었다. 헷갈리는 마음처럼 걸음도 느려졌다. 쥐약 같은 생각을 뱉어내고 있다는 표시이기도 했다.

"담 밖이 산동네고 철길 건너가 시낸데, 백 리쯤 여겨진 지 오래다."

총무가 말했다.

"나도 그렇다."

이제는 보이지도 않는 정문 쪽으로 고개를 돌리다 말고 종교부장이 대뜸 받았다. 시내가 백 리쯤 멀다 싶은 마음처럼 그들이 도시의 산동네 바로 옆에 수용되어 있다는 사실도 명확했다. 그렇기에 오히려 입에 올리지 않았는데, 지금 그런 말이 술술 나오니 오랜만에 자신들을 돌아보고 있다는 소리였다.

"파출소서 보낸 거니 나라에서 보낸 거 아닌가? 내가 낙오자고 시민들한테 해를 끼친다고 여길 보낸 거니까 받아들여야지 하는 그런 생각."

종교부장은 가족 셋을 연탄가스 중독으로 한날한시에 잃고 떠돌다 여기까지 왔다. 그가 마저 털어놓았다.

"아. 시팔. 찬송가 부르고 기도하다 죄인이란 말 나오면 그냥 막 엉엉 울고 싶을 때가 있다니까. 나도 그때 우리 식구 따라가야 됐나 싶고… 사람 맘이 본래

약한 거가? 오래 썩어서 그렇나? 우리 소대장 봐라. 요새 들어 부쩍 예수님 찾고 지랄 떨면서 헷갈리게 안 하나."

"아까 관리원새끼처럼 편물공장 납작보리 만나 살림 차릴지도 모르지. 개나발을 불든 말든 그건 지 사정이고 우린 우린데, 오래 썩어 그렇다니, 그런 약한 소리는 말아 넣어라. 살라고 나지 죽을라고 난 놈이 어딨노? 왕창 깨지자. 강등이 무섭지 매가 무섭나? 소대장도 62번 두고 늑장 부린 잘못도 있으니 니가 기도나 잘해라."

총무가 먼저 정신을 차리고, 둘은 햇살이 내려앉기 시작하는 언덕길 뒤편 산을 쳐다보았다. 산자락을 야금야금 먹어가며 시설물을 늘렸는데 삼면은 시멘트 담장으로 둘러쌓고 경사가 급한 구역은 철조망을 이중으로 쳤다. 채석장과 가까운 그곳은 유일한 탈주로로 알려져 있었지만 경비가 심했다. 그들은 언덕길을 올랐다. 함부로 파내고 엉성하게 마감한 둔덕의 얼어붙은 흙덩이 밖으로 나무뿌리들이 훤히 드러나 보였다. 마음이 다시 시려오는데 얼음 묻은 잔뿌리에 해가 들어 반짝반짝 빛났다.

"아, 시팔. 오늘따라 볕은 또 와 이리 좋노."

종교부장이 먼저 투덜댔다. 그러면서 그는 운전교

육대의 젊은 사내를 다시 떠올렸다.

"지금부터 64번이 월북어부란 소리 나면 니 입에서 나온 거다." 그게 그 친구의 마지막 말이었다. 스파이라는 말은 들어봐도 망원이란 소리는 처음인데 자신이 그 꼴이 된 것이다. 지금 중요한 건 그 친구 말이 지시든 부탁이든 맨입은 아닐 것이라는 기대였다. 설령 개꿈이라 해도 당장은 오늘 하루 버틸 힘을 모으는 게 장땡이었다.

둘은 경비가 따주는 문을 통과해서 소대로 들어갔다. 그리고 의자에 앉아 졸고 있는 소대장 앞에 무릎을 꿇고 외쳤다.

"소대장님, 죽여주십시오!"

3

10시 정각에 승용차 한 대가 본관 앞에 도착하고 세 사람이 내렸다.

아침에 원장을 수행했던 사무실장과 부실장이 달려가서 방문객들을 맞아 건물 안으로 안내했다. 현관 오른편 벽에 깊이 가라앉은 청동색 동판에 소망복지원이라는 글자가 무게를 잡고 있었다. 그들은 곧장 2층 원장실로 갔다.

"추운데 오시느라 수고하셨습니다."

원장과 악수를 나누고 모두 의자에 앉았다. 반질하게 윤이 나는 탁자 위에서 명함이 오간 뒤 원장이 말했다.

"그래, 과장님은 잘 지내시지요?"

말끔한 쥐색양복을 입은 원장은 아침과는 사뭇 다른 사람처럼 보였다.

"네, 안부 전해달라고 하셨습니다."

원장과 제일 가까운 자리에 앉은 이가 대꾸했다.

차가 날라져 왔다. 차를 마시며 방문객들은 전기히터로 훈훈한 실내를 둘러보았다. 원장이 앉은 뒤편 벽에 걸린 금테 액자 속 태극기, 그 밑의 대통령 사진, 그 한 칸 아래 정부에서 주는 상을 받고 있는 원장 사진에서 시선이 잠깐 머물렀다.

원장이 인사를 보태듯 말했다.

"저희는 그저, 저희 사업이 각하의 특별관심 대상이라는 사실을 명심하고 그 실천에 불철주야 노력하고 있습니다."

"시민들이나 언론도 거리가 더 깨끗해지고 안전해졌다고 합니다."

"허허. 우리 김 계장님에게 그 소릴 들으니 더 힘이

납니다."

 진작부터 부랑인 단속과 수용보호 업무지침은 있었지만, 원장이 언급하고 사진까지 걸린 각하가 신체장애자 구걸 행각을 근절시키라는 지시를 한 뒤부터 이곳의 수용 숫자가 눈에 띄게 늘었다. 작년 봄, 주무관일 때 김 계장은 그런 지적을 내부적으로 했다가 "그러다 만년 주사 소리 듣지"라는 핀잔을 받고 입을 닫았다.

 원장이 평소의 지론까지 꺼냈다.

 "내가 자주 강조하지만, 거동수상자는 더 위험하지요."

 그는 어제 오후에 운전교육대를 시찰하면서 신입 원생 한 명을 눈여겨보았다. 술집에서 소란을 피우다 들어왔지만 실상은 군 보안대 요원이었다. 몇 개월 전에 입원한 15소대 납북 귀환 어부를 상대로 간첩 수사 공작을 벌이겠다는 보안부대 협조요청의 후속 조처였다.

 "네에…."

 원장 말이 틀린 건 아니니 시청 직원들은 고개를 끄덕였다. 누구를 수용하고 무슨 일이 벌어지든 간에 오늘 출장은 다른 업무라는 사실을 확인하는 표정이기도 했다.

"우리로서는 꼭 필요해서 세운 계획이지만 진행이 제대로 될지 걱정입니다."

원장이 오늘 볼일로 돌아왔다.

"관에서 할 일을 대신 해주시는데, 도와드려야죠."

계장이 대답했다. 소망복지원은 시로부터 부랑인 임시보호소 운영을 위탁받고 있어 식비와 피복비 등을 지원받으면서 부족분을 자활사업장의 수익으로 채우고 있었다.

"오늘 순서를 이렇게 하는 게 어떻겠습니까만."

그쯤 해서 복지원 실장이 나섰다.

"여기서 브리핑 받으시고 현장부터 가시지요. 그리고 기존의 운용 점수 항목도 있으니 교육시설이나 자활사업장에 가시겠다면… 그곳도 몇 군데 가보시죠."

실장의 뒷말이 다소 느리고 신중해졌다.

"서류 검토 끝나고 실사를 나온 거니까 부지 예정지만 보는 걸로 하지요. 기존 운용은 전국에서도 우수한데요 뭘."

계장 말이 끝나자 실장과 부실장이 벌떡 일어났다. 그들은 벽 한쪽에 놓인 차트 걸이를 탁자 쪽으로 밀고 와서는 그 좌우에 차렷자세로 섰다. 부실장이 길고 가는 봉으로 백지 첫 장을 넘기자 〈원생자활을 위한 교육시설 신설 및 사업장 확충계획서〉라는 제목이 나왔다.

4

 오후 들어 여러 차들이 드나들었다. 먼저 관할 파출소에서 오토바이를 탄 경찰이 와서 시체로 누운 15소대원의 사망진단서와 주민등록증을 확인했다.
 "심부전증에 무연고네."
 "예, 대학병원에 보내려 합니다."
 "응, 마지막으로 좋은 일 하네. 미국이나 대만에서는 본인들이 생전에 기증 약정을 많이 한다는데."
 "와, 이 순경님은 대만까지 아시네."
 직원이 웃으며 도장을 찍어달라고 서류를 내밀었다. 사실상 복지원 내 사망자의 신원은 여기서 작성한 신상명세서와 비교 확인해야 하지만 직원도 꺼내지 않고 경찰관도 요구하지 않았다. 62번은 이곳에서 부여받은 일련번호에 따라 시 지원금도 받으며 보호 관리되고 있었다. 명세서 기록카드 맨 왼쪽 칸과 증명사진 아래 두 곳에 복지원에 들어온 연도와 달, 그리고 천(千) 단위의 네 자리 숫자가 그것이다. 이 순경이 62번의 신상명세서를 보았다면 얼굴이 주민등록증과 너무 달라 고개를 꺄우뚱했을 것이다. 입원을 항의하다

실컷 두들겨 맞고서 찍었기에 부랑인 단속 서식에 맞춤한 얼굴이 된 거다.

오토바이가 돌아가고 나서 부식차가 드나들고, 자활사업장에서 생산된 물품을 실으러 트럭도 두 대나 왔는데 한 대는 외주를 준 회사 차였다. 4시쯤에는 대학병원 앰뷸런스가 조용히 왔다가 조용히 나가기도 했다.

그리고 저녁 어스름에 쫓기듯 탑차 한 대가 바쁘게 들어왔다. 정면 유리창 밑에 〈○○시 부랑인 부랑아 선도차〉라고 쓰였는데 ○○시와 선도차 사이에 끼인 빨간색의 부랑인과 부랑아 두 단어가 불결하게 시선을 붙잡았다. 차에서 기사까지 남자 셋이 내리고 건물에서 직원 하나가 달려왔다. 차 뒷문 앞에 모인 넷은 문을 열기 전에 말부터 섞었다.

"몇이고?"

"남자 성인 일곱."

"오늘도 여잔 없네. 봉재에 손 딸리는 걸 알면서 빈손이가."

"내일 나가서 직접 담아 와보라모. 몇이 빠졌노?"

"연고자 와서 둘 나가고, 죽어서 하나."

"오늘도 남는 장사네."

까악 깍. 까마귀들이 때맞춰 날아와 울어대고 어둠

에 묻히는 산등성에서 바람까지 몰아쳤다. 철컥하고 차문이 열리자 전깃불까지 일시에 켜졌다. 가장 높은 위치의 교회 십자가부터 수십 동의 건물들과 보안등까지, 그렇게 한꺼번에 밝아진 공간은 담장 밖과 경계를 지으면서 견고한 수용소로 거듭났다.

저녁 식사가 끝나면 긴 밤이 기다리고 있었다.

15소대가 유난히 바빴다.

공장에서 돌아온 대원들은 총무와 종교부장이 히로시마를 타는 걸 보고 얼어붙었다. 대가리박기를 보통은 원산폭격이라 하지만 그 강도가 셀 때는 그에 맞는 이름으로 불러야 했다. 제일 무서운 원자폭탄이 처음 떨어진 도시가 가장 어울리는 이름이었다. 원장에게 찍힌 뒤 소대장 앞에 무릎 꿇고 죽여달라고 빈 뒤부터 지금껏 그대로 진행되고 있었다. 발을 벌리고 두 손을 어깨 너머로 젖혀 엄지손가락 두 개만 벽에 대고서 몸을 지탱하는 전깃줄 등, 온갖 기합의 연속이었다. 문제는 두 놈만 죽는 게 아니라는 것이다.

저녁식사 뒤 주어지는 30분 자유시간도 없이 곧바로 타작이 시작되었다.

소대원들이 세면대가 있는 안쪽에 모여 앉자, 소대장이 총무와 종교부장에게 빳다를 쳤다. 보통은 침대에 붙어 서서 맞지만 둘은 간부답게 복도에서 맞았다. 맨바닥에 엎드려서는 때리는 각도가 제대로 나오지 않기에 옷장 서랍 두 개 높이의 사물함을 놓고 거기에 두 손을 얹어 자세를 만들었다. 각목이 엉덩이를 내리칠 때마다 두 사람의 입에서 "반성합니다!"라는 소리가 뱉어졌다. 둘은 20대를 넘기면서 바닥에 나뒹굴었지만 다시 사물함으로 기어오르고 엉덩이를 치켜세우며 50대까지 버텼다. 언제부터 입에서 핏물이 흘러내렸는데 종교부장의 이빨 세 개가 거기에 섞였다. 아침에 소대장에게 좌우 아구통을 맞고서 흔들리다 마침내 빠진 것이다. "일어나!" 소대장 말이 떨어지자 종교부장은 퍼렇게 멍이 든 손가락으로 얼른 이빨부터 찾았지만 손에 집힌 건 하나뿐이었다.

"우리 소대 명예를 깎았으니 대원들한테 용서해달라고 해. 아침 선착순을 30에 끊었으니 그만큼 빌어!"

두 사람은 곧장 소대원들을 향해 엎드려 절하며 외쳤다. "잘못했습니다!" "용서해주십시오!" 항문이 찢어지고 이빨이 다 빠져도 니들 두 놈 지금 이 시간부로 강등이다 소리만 나오지 않으면 되는 것이다.

그리고 기합의 끝은 전체 줄빳다였다. 핏물이 묻은 사물함이 얼른 치워지고 1조부터 일어나 침대 쪽으로 갔다. 바닥에 남겨진 종교부장의 이빨 두 개와 핏자국은 어지러운 발걸음에 사라지고 대원들은 침대에 붙어 서서 엉덩이를 복도 쪽으로 내밀었다. 1조 조장은 사고 친 두 놈에게 강등 소리가 나오지 않아 기분이 나쁜지 몽둥이를 더 힘차게 두들겼다. 소대장이 중대장에게 불려가 깨지고 왔다는데 왜 당장 강등을 안 시키는지 알 수 없었다. 얼마 뒤 언제나 그렇지만 기합은 기다릴 때가 무섭지 끝나고 나면 편하다는, 그런 지랄 같은 마음이 전 대원들을 휩쌀 무렵 소대장이 속삭이듯 말했다.

"각자 기도하자."

그 한마디에 소대원들의 아, 하는 탄성이 안도감으로 바뀌어 뱃구레를 흔들었다. 모두가 하나 되어 시멘트 바닥에 꿇어앉아 두 손을 모으자 소대장이 그들의 기도에 기름을 붓고 성냥까지 그었다. 네깟 놈들이 무엇을 빌든 주기도문은 이거다, 라는 소리였다.

"믿음이 부족하고 현재의 행복을 모르니 사악한 맘이 들고 잡스런 일이 생기는 거다. 밖에 누가 니놈들 먹여주고 기술 가르쳐주고 노임까지 주겠노. 내가 별이 세 개지만 여기 와서 하루하루 새로 나는 기분이다. 원장님께 감사해야 한다. 우리가 정한 벌칙도, 그분의 지시도 수천 명이나 되는 우리 원생을 이끄는 법이니 따라야 한다."

모두들 단속차에 실려 온 뒤 2주 가까이 예비소대에서 교육을 받으면서 외부강사나 목사로부터 원장 칭송하는 소리를 귀에 못이 박히게 들었으니 소대장 말도 백 프로 구라로 들리지는 않는다. 깔 거 얼른 까고 자자, 그런 마음도 차오르는 시간이다.

"그라고 예수님이다." 소대장이 계속했다.

"예수님을 경배해야 한다. 높은 데서 보이지 않는 손으로 거두어주시는 주님께 감사해야 한다. 주님께 받은 특별한 은총을 오직 국가와 사회, 복지원의 우리들을 위해 쏟으시는 원장님께 감사해야 한다. 따라 해라."

주님 감사합니다, 원장님 감사합니다, 소리가 수십 번 반복된 뒤 소대장이 종교부장을 불러냈다.

"마음 편케 자야지. 울고 나면 편하다."

얼굴이 붓고 엉덩이가 바지와 눌어붙어 피떡이 된 종교부장이 절뚝이며 앞으로 나왔다. 그가 반듯하게 서서 노래했다.

천부여 의지 없어서 손들고 옵니다.

점심 저녁 두 끼를 굶고 이는 빠져도 목소리는 절절했다.

주 나를 박대하시면 나 어디 가리까.

모두가 따라 불렀다.

내 죄를 씻기 위하여 피 흘려주시니 곧 회개하는 맘으로 주 앞에 옵니다.

소등 전에 두 곡이 더 불리었다.

여러 노래가 섞여서

"선생은 지금 우리가 뭘 받아 할 수 있다 생각하십니까?"

안상일이 보던 책을 내려놓길 기다렸다는 듯 건너편의 신 씨가 말을 걸어왔다. 객실에는 이층 침대를 쓰는 두 사람뿐이었다. 안상일로서는 일층 침대의 한만기와 최 교수가 밖으로 나간 걸 알지 못했으니 한동안 책에 빠져 있었던 셈이다.

"우리가 받다니, 무슨 말씀인지?"

"시간여행을 한다 하니 그 시간을 받아야 하지 않겠는가. 고난이든 회상이든 무얼 따라는 해야 하지 않겠는가? 그 말이라요."

신 씨가 거침없이 받았다. 신 씨는 말을 시작할 때에는 외국인이 배우는 말하기교재대로 '하십니까'라고 딱딱하게 하고, 뒤에 가서는 자기식의 독특한 종결어미를 썼다. 안상일은 그의 어투를 다시 한번 확인하면서 되물었다.

"그분들 했던 걸 따라 할 게 뭐가 있겠느냐, 그 말씀이군요."

"그렇소. 바로 그 말이야요, 내 말이."

말뜻을 알았다고 해서 답이 바로 나올 수 없는 데다 베개에 비스듬히 기댄 채 돌직구를 던져대는 신 씨가 불편했다.

"글쎄, 지금까지 행사를 몇 번 했고. 앞으로도 하지만… 어쨌든 신 선생님이 뭔가 생각나신 게 있나 보군요."

"행사는 하지요. 안 선생이 독설 열심히 하다 쉬니까 내가 말을 걸었소."

"기차 안에서 말입니까?"

"그렇소. 그때 사람들이 불술기라고 불렀던 화차 안에서 말입니다."

신 씨가 덧붙였다.

"술기는 수레의 함경도 방언이야요."

"열차 안에서…."

"그렇소, 화물열차."

안상일은 기차라는 소리 때문인지 시선을 창으로

돌렸다. 펼쳐진 개활지 너머로 산이 줄지어 따라왔다. 한동안 같은 풍광이기에 그대로 한 장면 같아도 같은 지점은 아니니 산이 따라온다는 느낌이었다. 기차가 서쪽으로 가고 있다는 사실만 알았다는 그때 고려인들의 발자취를 따라가는 지금, 책만 볼 거냐? 고려인 2세인 신 씨는 그걸 말하고 있었다.

"무얼 했을까요? 그분들, 신 선생님 어른들."

시선이 마주치자 신 씨의 주름진 이마 아래 눈이 웃었다.

"이주가 2년 넘게 계속되었으니 사정은 조금씩 달랐겠지만, 가족단위가 기본이고 화차도 그렇게 탔소. 겨울이라면 추위도 막고 밥도 지어야 하니 어른들이 뭣보다 화롯불 지켜야지 않겠소. 아이나 노인도 돌보고. 그치만 그 시간보다 더 긴 시간은 따로 있단 말요. 주야장천. 지금 우리가 타고 가는 이 기차보다 느리고 자주 멈추니 그 말보다 더 맞는 말이 있겠는가. 시간이 남는다 할 순 없어도 병자가 늘고 불안도 원망도 더 늘어나는 거이고. 그러이 이야길 하는 거요."

말은 분명 서툴지만 머뭇대거나 더듬지 않고 애매하지도 않았다. 안상일이 그를 보며 북한사람을 떠올린 것도 말씨도 그렇지만 막힘없는 언변 때문이었다. 실제 신 씨는 자기 입으로 북한 사람들로부터 우리말을 익혔다고 했다.

어느새 신 씨는 반듯하게 앉아 안상일과 눈을 맞추고 있었다.

"그러니까 이야길 하면서 보냈다? 원망도 불안도 이겨내면서, 그렇게…."

뒷말을 찾지 못 하고 눈을 돌린 창밖으로 숲을 이룬 백양나무들이 하얀 띠로 흘러갔다.

기차에 오르면서 안상일은 신 세르게이와 같은 6호실에 배정받은 게 잘된 건지 어떤 건지 헤아려보지 않았다. 주최 측에서 부를 때 그는 일반 참가자이고 신 씨는 초청인사였다. 주최 측은 이 두 부류의 참가자를 객실 배치에서 구분하지 않고 섞음으로써 '공감'이라는 주제를 살리겠다고 했다. 초청인사들 중 고려인은 4명이었으니 확률이 낮은 배치였다. 신 씨가 다시 말했다.

"어렵게 책을 짐 속에 넣어와서 공부도 하지요. 그런 일을 해야 할 사람은 언제나 있는 거니 그래야 하지 않겠는가. 이주 앞두고 지식인 계급들이 많이 붙잡혀 죽었으이 책 읽는 게 더 중요하지. 대학공부도 연해주에서만 않고 멀리 사마르칸트에다 모스크바까지 갔더란 말요."

안상일의 귀에 강제 이주 직전에 지식인들이 많이

죽었다는 말보다 사마르칸트가 더 제대로 들어왔다. 여행 전에 찾아본 정보에서 그곳이 우즈베키스탄의 옛 수도였다는 걸 기억해낸 것이다.

"그래도 말입니다. 이야기는 기본이지 않겠는가, 내 생각이 그거야요."

객실에서 지금껏 책을 본 사람은 안상일 혼자였다. 감시당한 듯해서 기분이 나빠진 그의 눈에 교사 시절부터 고려인 문화와 역사를 연구했다는 신 씨가 이번에는 소련 사람으로 보였다. 어젯밤, 신 씨는 자기와 같은 늙은이들은 지금도 국적만 소련에서 카자흐스탄으로 바뀌었다는 생각에 자주 빠진다고 했다. 50년 이상을 러시아말을 하며 그 체제에서 살아왔으니 어쩔 수 없는 노릇이라는 것이다. 그럴 것이다. 남을 살피고 비판까지 하는 이 작태가 딱 공산주의식 아닌가. 안상일은 헛웃음으로 마음을 잡았다.

"허허, 제가 입을 봉하고 있었다고 지적하시는 거군요."

"독서하는 선생을 지적하자는 것이 아이라 이야길 하며 가야 이번 여행 맛이 제대로 난다, 그 말을 하는 거야요."

"아이구 죄송합니다. 이야기도 나누고 농담도 해 가면서 가야 시간도 잘 가고 지루하지 않을 텐데, 제가 입이 짧아서 집사람에게 잔소릴 자주 듣습니다. 허허."

"농담도 좋지요. 소련 시절에 농담이 심했소. 통제사회니 숨구멍 노릇을 한 건데, 그게 사기그릇 던지고 받는 그런 기분이 돼야만 재미도 나고 제대로 된 농담 같단 말요. 재수 없음 혼이 나기도 하지만. 참, 열차 타기 전 행사에서 노래를 두고 여러 이야길 합디다. 서로 자기주장을 하면서 농도 하고 야유도 던졌지요?"

안상일은 신 씨가 말하는 이야기라는 게 바로 이런 식이구나 싶어 실소가 나올 지경이었다. 그때 마침 대화를 이어줄 사람들이 나타났다. 문이 열리고 한만기가 들어오면서 "역에서 부른 노래랑 유란지 정일인지 집 찾아간 거는 역시 말이 많아요."라고 했다. 안상일은 물론 노래 이야길 꺼낸 신 세르게이도 갑작스러웠는지 입을 다물고 있는데 최 교수까지 들어왔다.

"교수님, 주인공을 바꾸면 됩니까? 고려인 이주역사를 찾아간다면서 남북문제가 왜 나오는지 모르겠고, 하필이면 통일 노래를 불러서 야단이에요?"

"네? 아, 우수리스크 부근에서 있었던 일 말씀이군요. 그건 이제 끝난 거 아닌가요?"

최 교수가 말했다.

"아닙니다, 교수님."

"한 선생님, 교수라고 다 아는 게 아니라니까요, 허허."

최 교수는 연치가 자기보다 한참 높은 한 씨가 말끝마다 교수님 교수님 부르는 것도 민망한 데다 꼬치꼬치 파고드는 게 피곤했다. 그는 어느 자리에서나 미리 선을 그어두는 사람이었다. 한 씨 같은 이들에게는 교수라고 해도 자기 전공 한 분야밖에 모르니 이거저거 물어 사람 곤란케 하지 마시라, 인터넷 검색 때문에 교수 노릇하기 힘들다, 그런 식이었다.

"그치만 이건 교수님 전공 문제 아닙니까?"

일정표에 나온 대로 상경대 교수인 최는 마지막 도착지인 알마티에서 중앙아시아와 한국의 경제협력에 대한 논문을 발표할 것이었다. 그는 탱크처럼 밀고 들어오는 한만기에게 무역 전공일 뿐이라고 내세울 수가 없었다. 6·25전쟁 때 부모 따라 월남해서 자영업을 하다 은퇴했다는 한 씨는 키가 작고 몸이 땅땅해 탱크를 연상시키기도 했다.

"요즘 학계는 물론 어느 분야에서나 통섭이나 융합이 대세니까 이번 여행의 학술대회도 하나보다 둘, 그런 취지 아니겠습니까. 그러니까 주최 측에서 디아스포라와 남북문제가 주고받을 수 있는 문제라고 판단

했는지도 모르겠습니다."

 그는 무엇보다 우리 현대사가 살아 숨 쉬는 이역-러시아 땅에 왔다는 기분이란 것도 있지 않겠느냐, 라는 말은 하지 않았다. 그로서는 고려인들이 중앙아시아로 떠났던 첫 발차 역에서 〈우리의 소원은 통일〉을 합창한 게 어울리는지 어떤지를 따지는 것 자체가 귀찮았다. 국내박사인 그는 비교적 일찍 러시아와 중앙아시아 국가들을 주목했는데 코트라에 근무하는 처남이 결정적 협력자였다. 무엇이든 먼저 시작한 게 반은 먹고 들어간다는 이치는 학문에서도 통했다.

 이번 행사의 후반부 하루는 국제포럼이었고 최 교수는 그 자리를 위해 열차를 탄 것이었다. 지금 그는 자비로 혼자 비행기를 타고 알마티에서 합류하지 않은 걸 후회하지 않기를 바라는 마음뿐이었다.

***

 한만기가 얘기하는, 고려인 이주와 남북문제가 섞이는 일은 열차를 타기 전 연해주에서 처음 일어났다.
 고려인들이 중앙아시아로 떠난 첫 출발역과 김정일이 태어났다는 건물 탐방이 한날한시에 일어난 것이다. 일행이 먼저 찾아간 역은 시골 간이역이었다.

승무원도 보이지 않는 한가한 역과 빈 철길이 싱겁기는 해도 역사적 무게가 실린 현장이었다. 한만기는 역사 안 창문 아래 놓인 화분의 관엽식물들 마저도 정겹게 느껴졌다. 열린 창으로 뜨거운 바람이 넓은 잎을 흔들고 그의 몸을 스쳤다. 이주가 찬바람이 부는 가을부터 시작되었다 하니, 그때를 실감하기는 난망해도 한만기는 일행들이 빠져나간 텅 빈 실내에 한참 서 있었다.

밖으로 나오니 행사가 시작되고 있었다. 고려인 2세 중 한 사람이 감회를 토로한 뒤, 원로 학자이면서 정치인으로 소개된 이가 연설했다. 역 마당과 플랫폼은 턱이 져서 단하와 단상의 모습을 보였다. 한국에서 온 일행을 위해 현지사람들 출입이 제한된 듯한 조용한 정거장에 소형앰프에서 흘러나오는 목소리가 쩌렁하게 울렸다. 해는 뜨겁고 마당의 몇 그루 나무는 정오 무렵이라 제 몸 아래서만 그늘을 만들었다. 시인 두 사람이 나와 시를 낭송한 후, 그 옛날 이 역을 떠났던 이들을 기리는 묵념을 했다.

묵념 뒤, 진행을 맡은 주최 측 김 이사가 여기에 우리의 목소리를 남겨두자며 〈우리의 소원은 통일〉이라는 노래를 부르자고 제의했다. 일행들은 헛기침부터 터뜨리며 목소리를 가다듬거나 "노래까지?"라며 잠시 술렁였다. 누군가가 첫 소절을 시작하자 천천히 소리가 넓어지고 커졌다. 우리의 소원은 통일, 꿈에도 소원은 통일, 이 정성 다해서 통일, 통일을 이루자. 이 겨레 살리는 통일, 이 나라 살리는 통일…. 해가 창창한 높고 푸른 하늘 아래 노래가 울려 퍼졌다. 노래 자체는 두말할 나위 없이 잃었던 나라를 되찾은 감격 뒤에 남겨진, 통일 정부 수립의 염원을 담은 동요였다. 하지만 노래는 간절함은 물론 비장함까지 담겨 힘을 실어가면서 되풀이되었다. 누구는 햇빛도 마다하고 하늘을 쳐다보며 부르고 또 어떤 이는 머리 위로 팔까지 흔들었다. 같은 마디가 몇 번 되풀이된 뒤 대머리가 반짝이는 김 이사가 나서서야 합창은 끝났다.

"〈고향의 봄〉을 부릅시다!"

나이 든 여성이 말했다. 일행들의 시선이 흩어지며 수런거림이 일었다.

잠시 뒤 어디선가 "〈타향살이〉가 딱입니다!"라는 소리가 나왔다. 웃음이 터지다 사라진 건 "할 수 있는 말입니다. 어쩌면 〈눈물 젖은 두만강〉이나 〈번지 없는 주막〉이 그때 이 조그만 역을 떠났던 분들의 심사나 정서에 더 어울리죠. 유행가와 동요 그런 문제가 아닙니다."라는 누군가의 이야기가 나왔기 때문이었다.

사람들이 앞서 불렀던 노래와 두 사람의 말 속에 나

온 곡명들을 따져보는지 일순 적막이 흘렀다. 민족자결을 놓쳤던 그 옛날, 유이민이 된 것도 모자라 강제추방까지 당한 비탄을 씻어보려는 심사들이 모여 우렁차게 노래를 불렀던 게 아닌가. 거기에다 남북한 두 개로 갈라진 지금도 노랫말은 여전히 유효하다는 간절함이 담겨 있기도 했을 것이다.

어쩌면 같은 가사를 되풀이하면서 부를수록 앞의 아픔보다 남북 형편 생각을 하는 사람들이 다수였는지도 몰랐다. 그런데 지금 그 시절의 유행가를 부르는 게 더 어울린다는 목소리가 나오는 것이다. 자신들이 불렀던 우리의 소원이라는 노래에 대한 시비가 아니라, 뒤에 나온 의견만 따져보는 게 옳은 게 아닌지 그런 생각까지 하고 있을 때 김 이사가 나섰다.

"그 말씀도 옳습니다. 〈고향의 봄〉도 부르고 〈타향살이〉 한 곡도 부르면 좋겠습니다. 다 의미 있는 노래 아니겠습니까. 하지만 오늘 이 자리에서는 이 정도 하는 게 어떨까 합니다. 다음 일정이 기다리고 있습니다."

"그래요, 그럽시다." 여기저기서 같은 목소리가 나왔다. 성질 급한 사람들이 몸을 움직이기 시작할 때 단호한 여자 목소리가 나왔다.

"〈고향의 봄〉은 이다음에도 안 됩니다!"

누구지, 목소리 주인공을 찾고 있는데 부채를 들고 선글라스를 쓴 중년여성이 뒷말을 했다.

"작사자가 친일을 제대로 한 사람입니다."

2막이라도 시작될 판인지 사람들이 웅성댔다.

누군데? 이원수, 이원수! 이원수가 친일파란 소리 처음 듣네. 여러 소리들을 제치고 큰 목소리가 들렸다.

"그럼 그동안 그 노랠 부른 사람들은 어찌 되나요? 삼천만이 다 제대로 불렀는데."

낮은 웃음이 터졌다.

"모르고 부르는 것과 알고 부르는 건 다르겠지요."

말을 꺼낸 여자가 받았다. 〈고향의 봄〉을 부르자고 처음 제의했던 여인은 문제가 된 것 자체가 이해가 안 되는지 멍한 표정이었다.

"애국가만 불러야 돼, 애국가만!"

한만기 근처에서 누군가가 말했다. 한만기는 그 말을 듣고서야 블라디보스토크 시내 신한촌이라는 고려인 마을 터에 세워진 기념비 앞에서도 노래를 불렀다는 기억이 났다. 가까이에 아파트들이 모여 있어 마이크도 없이 식을 진행하면서 소리 낮추어 애국가를 불렀다. 한만기는 애국가니까 기억에 없었는가? 라는 생각을 해보았다.

"그렇게 말씀하시면 안 되죠. 역사를 찾아왔으니 역

사를 제대로 알자는 뜻일 뿐입니다."

친일 이야기를 꺼낸 여성이 되받았다.

"자, 자. 끝입니다! 모두 버스로 갑니다. 버스로!"

김 이사가 목소리를 높였다.

일행은 귓속말을 나누거나 침묵하며 버스에 올랐다. 그런데 버스 한 대가 시동이 제대로 걸리지 않으면서 출발이 지연되었다. 얼마 뒤 고장 난 차의 탑승자들이 나머지 두 대로 옮겨왔다. 수리하는 동안 어디를 잠시 다녀오기로 의논이 되었던 것이다.

얼마 가지 않아 한적한 길에 차가 멈추고 풀밭 앞에 사람들이 모여 섰다. 김 이사가 입을 열었다.

"김유라가 누군지 아십니까? 마침, 그 사람 태어난 곳이 부근이라 온 것이니 색안경 끼실 필요 없습니다. 김정일이 백두산 밀영에서 태어났다지만, 김일성이 소속된 빨치산부대가 중국에서 소련으로 넘어온 뒤 출생했다는 설이 더 유력합니다. 어느 추운 겨울날, 간호사가 된 지 얼마 되지 않는 젊은 러시아 여성에게 조선 사람 둘이 찾아왔습니다. 급한 산모가 있다면서 아주 간곡하게 청해 그들을 따라나서 도착한 곳이 저 아래, 길 따라가면 보실 수 있는 관사입니다. 간호사는 한동안 아이의 부모와 연락을 취하고 지내면서 김일성이 아이의 아버지라는 사실을 알았다고 합니다."

여러 노래가 섞여서

폐허로 버려진 적벽돌 2층 건물은 규모가 컸다. 담 옆길은 아무렇게나 자란 풀로 푸서리가 되어 접근이 불편했다. 문이라도 찾아보려고 길을 더 내려가는 사람들도 있었지만 대부분은 싱거운 표정이었다. 김일성이 소련군 장교였기에 해방 뒤 북한에서 쉽게 권력을 잡았다는 말도 나오고, 아들 출생지를 백두산으로 해야만 세습의 정통성이 서나? 라는 말도 들렸지만 한만기는 바지에 묻은 검불을 털며 투덜댔다.

"이런 델 왜 와? 노래 때문에 싸우고 나서!"

"허허, 선후가 그렇게 되네요. 기차도 아직 안 탔는데 옆길로 빠지고 있으니."

스마트폰으로 건물 사진을 찍던 사내가 거들었다.

"난 고복수 노래가 딱 이라는 말에 딱, 찬성입니다."

딱 발음에 힘을 준 그는 한만기와 같이 버스로 걸어가면서 "타향살이- 몇 해던가 손꼽아 헤어보니-" 노래를 흥얼거렸다. 첫 소절을 마친 그가 말했다.

"통일이라면 남북통일부터 떠올리잖아요. 그냥 고려인들이 이곳을 떠날 때의 심사를 담은 노래가 절절하지. 무슨 우리의 소원이 통일이에요. 난 통일 반댑니다. 북한 애들 먹여 살리다 내 집 기둥뿌리 내려앉는 짓을 왜 해?"

"그래 말이에요." 한만기는 자기와 생각이 같은 사

내가 반가웠다.

한만기는 지금껏 그 사람을 만나고 오는 길이었다.
"무슨 노랜 되고 무슨 노랜 안 된다, 그런 문제는 어디에나 있는 법입니다."
한만기가 꺼낸 화제를 신 씨가 받았다. 세 사람의 시선이 그에게 모였다.
"스탈린 시대 땐 고려인들에게 망향가나 타령, 사랑가 이런 거 부르지 못하게 했소. 애잔하다 천박하다 기상이 없단 이유야요. 사회주의 조국 발전에 해가 된다 그거이지. 근데 말요, 집단일 땐 안 해도 소단위, 열 정도 되면 하지, 왜 안 해. 노래가 흥인데 그걸 막는다고 되나. 안 되는 일이지 않겠소."
"금지곡 말씀인데, 그런 건 나라마다 다 있지 않겠습니까? 우리도 한때, 퇴폐다 왜색조다 해서 시끄러웠지 않습니까."
안상일도 한마디 거들면서 가수와 노래제목을 더듬고 있는데 신 세르게이가 다시 나섰다.
"우린, 여러 노래가 섞였습니다. 민요부터 일제 때 유행가도 부르고, 뒤엔 이곳에서 노래를 지어 불렀는데 종류가 많습니다. 당연히 러시아 노래도 부르는데 러시아 말 그대로거나 번역해서 불러요. 그리고 북한에서 들어온 노래가 있고, 팔팔 올림픽 뒤론 한국 노랩니다."

"시절 따라 달라졌겠습니다. 북한사람들 왕래도 그렇고."

최 교수가 거들었다.

"1945년 뒤로 북한서 사람들이 드나들기 시작해서 더 섞이지 않았겠는가. 그때 우린, 우릴 조선사람이라 불렀다오. 말씀대로 노래가 본래 시절을 따르는 거이지요."

감회에 젖은 신 세르게이의 표정이 복잡해 보였다. 좁은 실내에 잠시 침묵이 흘렀다. 한만기가 최 교수에게 말했다.

"교수님, 근데 이원수란 사람이 정말로 친일을 했나요? 아니 그보다 교수님은 라즈돌노예 기차역에서 개인적으로 한 곡 불렀다면 무슨 노래를 부르고 싶었어요?"

한만기가 노래를 두고 설왕설래가 있었던 역명을 제대로 들먹이며 물었다.

"아니, 한 선생님은 무얼 부를 겁니까? 이거 참, 주최 측에서도 말다툼까지 일어나리라고는 생각 못 했겠지요. 넘어가면 아무것도 아닌데 말이 나면 그냥 넘어갈 수가 없으니, 참 복잡합니다…."

최 교수가 자기 견해를 드러내지 않고 맴돌자 신 세르게이가 나섰다.
 "친일이 이적행위, 부역 문제 아니겠는가. 그 문제 갖고 한국선 자주 다투지요? 경젠 좋은데 힘을 다른 데 많이 뺀다, 그 생각이야요. 해방되고 그때 해결하지 못했으이 문제가 남지. 그보담 노래가 음악이고 문학이니 그거이…."
 "영향, 영향이 크다 그 말씀이시군요."
 최 교수가 뒷말을 찾아주자, 한만기가 그에게 물었다.
 "친일 문제 두고 대한민국에서 힘을 많이 뺀다는 신 세르게이 선생님 말씀은 어떻습니까, 교수님?"
 "한 선생님, 또 접니까? 허허."
 최 교수가 웃으며 안상일에게 눈길을 주자 다른 두 사람도 그를 바라보았다.
 "우리가 역사탐방 중이지 않습니까. 그러니까 역사가 힘이 센 걸 확실히 알겠습니다 라고, 그 정도 하고 전 소변이 급해서 일어나겠습니다."
 안상일은 딱히 자기 견해도 없는 데다 오줌까지 마려웠다.
 "허허, 말씀을 재미나게 하시네."
 "맞는 말이지."

최 교수와 한만기가 한마디씩 하고 신 세르게이는 미소만 지었다.

객실 문을 열고 나오니 차량 끝 상단에 화장실 사용 가능을 알리는 파란불이 들어와 있었다. 차량 연결지점에서 담배를 피우던 두 남자가 안상일에게 말했다.

"방에 앉아서도 빨간불 파란불이 보이시는가베요. 아가씨 둘이가 차례대로 30분이나 쓰다 방금 비었는데."

"그래 말해갖고 명도의 자부심이 서는가. 세 사람이나 기다리다 방으로 들어갔는데 선생님은 리모컨으로 바로 문을 열었습니다, 이 정도 말은 해야 천리안 가진 도사 기분이 나지."

끼니 때마다 찾는 식당칸은 객실별로 시간을 정해둘 수 있지만 화장실은 그야말로 복불복이었다.

"우연이라고 절대 말하지 않겠습니다."

안상일은 웃으며 문을 열었다. 머리를 감았는지 바닥이 젖어 있었다. 우스개로 마음은 편했는지 모르지만 오줌은 쉬 나오지 않았다. 기차의 흔들림까지 더 심해졌다. 창 위쪽으로 볕이 쏟아졌다.

그는 수도권 도시의 공무원으로 일하다 몇 달 전에 사표를 썼다.

시장의 선거공약인 호수공원 공사가 입지 선정과

설계부터 말썽이더니 경찰수사까지 가면서 중간간부인 그에게까지 불똥이 튀었다. 연금을 지키기 위해 사표를 냈으니 자기 선에서 꼬리자르기를 했다는 마음이 들지 않을 수 없었다. 선공후사(先公後私)의 정신으로 나름 열심히 일해왔기에 충격이 컸다. 선공후사는 서예가 취미였던 선친이 남긴 글로 집 거실에 족자로 걸려 있었는데 그는 그걸 내리며 눈물을 뿌렸다.

매일같이 산에 오르고 정신과 의사를 만나던 중에 신문에서 고려인 이주 70주년 시베리아 횡단열차 광고를 만났다. 장장 140시간이나 열차를 타고 간다는 글귀를 보자 그의 머리에 견디면 자유로워지리라라는 말이 떠올랐다. 책에서 보았는지 들은 소리인지도 중요하지 않았고 오줌을 시원하게 보지 못하는 불편함도 뒷전이 되었다. 그 좁은 침대칸에 자신을 욱여넣어 보자는 마음뿐이었다. 그는 바로 그 자리에서 주최 측에 신청을 하고는 여행가방도 꺼냈다. 책장에서 읽을거리를 찾다 동네 서점에서 베스트셀러 소설과 가벼운 교양서적 몇 권을 샀다.

인천공항에서는 또 손에 잡히는 대로 잡지를 샀다. 그리고 지금껏 6호실에 갇혀 조용히 지내고 있는 중인데 오늘 제대로 대화에 섞여버린 것이다.

***

노래를 둘러싼 시비는 바이칼호수가 내려다보이는 산정에서 조금 다른 모습으로 이어졌다.

리프트를 타고 올라가니 호수가 내려다보였다. 열차를 타고 가면서 어느 때부터 "바이칼" 소리가 나오기 시작해서 눈으로 보기까지 두 시간 가까이 걸린 바로 그 호수였다. 이르쿠츠크에서 하루를 쉬는 가장 중요한 목적이 호수 구경이었는데 그 시작은 리프트를 타고 산정에 오르는 것이었다. 전망대로 가는 산길의 나뭇가지마다 울긋불긋 천 뭉치가 내걸리고 잡석이 쌓인 서낭당도 보였다. 낯설면서도 익숙한 모습이었다.

넓고 평평한 곳에 이르자 주최 측 사람들이 행사준비를 해놓고 있었다. 〈고려인이 걸어간 고난의 길 따라-시베리아에서 중앙아시아까지 시간여행〉이라고 쓰인 배너와 음향 시설도 앞서 행사 때와 다를 바 없었지만 자그마한 접이식 상에 돼지 편육과 과일, 육포가 차려져 있었다. 술과 잔도 물론이었다.

일행이 다 모여들자 김 이사가 마이크를 잡고 우리네 무속신앙이 이 일대에 살던 원주민들의 것과 닮았다고 입을 열었다. 그는 한민족의 뿌리가 바이칼호수에서 시작되었다는 학설을 간명하게 소개한 뒤 한반도와 세계의 평화를 기원하는 예술제를 열자고 했다. 먼저 시인이 나와 자작시를 멋있게 낭독한 뒤 이 지역의 러시아 민요가 스피커에서 흘러나왔다.

마이크가 공동대표 한 사람에게 넘어갔다. 학술과 예술단체, 해외이주재단 외에도 고려인과 관계된 단체들이 연합한 행사라 공동대표도 여럿이었다. 큰 체구에 하얀 양복을 입은 이가 손수건으로 목덜미를 닦으며 나섰다. 그는 바이칼호수와 호수를 둘러싼 산은 높낮이는 물론 물과 흙으로 성질도 다르다고 운을 뗐다. 그러고는 산은 호수를 만들고 호수는 다시 강을 만들어 순환한다면서, 이 시대 우리 민족과 세계의 갖가지 분열과 위협을 화합과 평화로 바꾸자고 했다.

얼마 뒤 몇 사람이 상 앞에서 술을 올리고 절을 하자 동참하려는 이들로 줄까지 만들어졌다.

"예술제가 제사로 바뀌었구먼!"

나이 든 남자 한 분이 선글라스를 꺼내 쓰며 투덜대자 곁에 선 사람들이 그러네 그래, 라고 호응했다.

그때 가까이 있던 여성이 나섰다. 연배가 남자들과 비슷해 보이기도 했다.

"선생님들, 제사면 어떻고 제천의식이면 어때서 그러세요? 우리 민족이 시작된 땅이라니 어울리잖아요."

마침 6호실 일행과 떨어져 있던 안상일 곁에서 그런 말들이 오갔다.

"그게 다 비주류, 재야 연구자들 소리지요."

"그런 소리 마시고 그냥 넘어가세요. 차이를 인정해야지요, 평화를 기원하는 자리인데."

여성의 목소리가 낮기도 했지만 이내 음악소리에 묻혔다. 한복을 차려입은 젊은 여성이 나와 춤을 추기 시작했다. 어느새 지나가던 외국인들도 일행들 사이에 얼굴을 내밀었다.

마지막으로 큰 원을 그리고는 〈만남〉이란 노래를 불렀다. 김 이사가 이 장소에 어울리는 노래가 많겠지만 같이 부르기 좋은 곡이라는 설명을 붙이고서였다.

곧이어 집행부 사람들이 음식과 술을 나누어주었다. 아무리 리프트로 운반했다지만 여기까지 지고 들고 오는 노고가 만만찮을 양이었다. 이 자리가 파하면 배를 2시간 정도 탄 뒤 저녁을 먹을 거라는 안내방송이 있었다.

안상일은 6호실 일행을 만났다.

"배에서 오물이라는 생선을 먹는다는데 조금만 먹어야겠지요."

"아, 바이칼 오면 꼭 먹어야 한다는 고기! 그치만 한 사람당 몇 마리씩 돌아가겠어요? 맛만 보고 말 텐데."

말을 마친 최 교수가 돼지고기를 입에 가득 넣고 한만기는 육포를 집었다. 안상일도 따라서 편육을 한 점 입에 넣었다.

술잔을 든 신 씨가 오기를 기다렸다는 듯이 안상일이 좀 전에 들었던 예술제 얘기를 꺼냈다.

"예민한 게 하나둘이 아니군요."

"그렇지요. 여러 사람이 모였으니까. 게다가 재야 사학자란 말이 나오기 딱 좋은 자리 아닙니까."

"교수님, 경영에는 재야학자란 말이 없지요? 왜 역사에만 재야라는 말이 따라다니지요?"

최 교수가 한만기 질문에 답을 궁리하는 동안 신 씨가 나섰다.

"대한민국은 복잡합니다. 좋은 면으로 가면 약이고 안 그러면 독이지요."

"한 선생님, 전 우리나라를 더 복잡하게 만들지 않기 위해 침묵하겠습니다."

최 교수 말에 6호실 일행 모두 크게 웃었다.

***

기차가 우스또베역에 도착했을 때는 새벽 1시가 넘어서였다.

브라스밴드의 요란한 연주가 귀를 울리고, 환영인파도 역이 좁게 모여 있었다. 신 세르게이는 고개만 끄덕이는데, 한만기를 비롯한 최 교수와 안상일 모두 가슴이 출렁였다.

안상일은 신 세르게이에게서 여행목적을 던져두고 책에 빠져 있다는 질타를 받은 뒤 일행들과 말을 섞으며 스스로 택한 고난여행을 끝내갔다. 열차가 카자흐스탄으로 들어서고부터는 텅 빈 벌판이 펼쳐졌다. 낯선 풍광이 140시간의 기차여행도 끝나간다는 신호 같기도 하면서 지평선에 빠져 있어서인지 쪼그라든 몸과 마음이 열리는 듯도 싶었다. 무엇보다 종착역이었다.

브라스밴드 연주가 그치고 행사가 시작되었다. 여러 사람들이 소개되고 인사말이 이어졌다. 행사가 길기도 했지만 통역이 가운데 들어 더 지루하게 느껴졌다. 까치발로 잠시 무대를 찾았던 한만기는 이내 고개를 돌렸다. 그는 이 오밤중에 노래 부를 리는 없겠구나, 라는 엉뚱한 생각도 하면서 밤하늘을 쳐다보았다. 서늘하게 푸른 별들이 총총 빛났다. 도착 전에 신 세르게이가 가르쳐준 노랫말이 떠올랐다.

"간다고 간다고 얼마나 울었던지, 우스또베 정거장이 대동강 변했구나."

이웃은 물론 피붙이들도 이곳에서 다시 뿔뿔이 흩어졌다는 소리였다. 한만기는 밤공기를 깊이 들이마셨다. 반소매 셔츠로 견디기엔 기온이 제법 내려가 가방에서 소매 긴 점퍼를 꺼내 입었다.

다음 날부터 모든 이동수단은 버스가 되었다. 호텔에서 얼마를 달려 버스에서 내린 일행은 거칠고 텅 빈 언덕으로 걸어갔다. 고려인들이 토굴을 파고 첫 겨울을 넘긴 초기 정착지였다지만 공동묘지만 눈에 들어왔다. 불볕인 데다 건조한 모래바람까지 불어와 너나없이 선글라스를 찾아 쓰기 바빴다.

투박한 필체로 절박했던 지난날을 새긴 정착비 앞에서 행사가 벌어졌다. 주요 인사들이 소개된 뒤 연설이 시작되었다. 현지의 고려인 1세대 두 사람도 가슴에 훈장을 주렁주렁 달고 마이크 앞에 섰다. 한국에서 가져온 선물이 전달된 뒤 김 이사가 마이크 앞에 섰다. 그는 인사말을 하더니 노래로 식을 끝내겠다고 했다. 김이사는 언덕을 가리키며 저기에 잠든 고려인 1세들은 물론, 우리 한민족의 역사에서 스러진 모든 님들을 기리는 노래를 하자고 했다.

스피커에서 나오는 전주는 〈임을 위한 행진곡〉이었다. 재빨리 옆 사람 손을 잡는 이들과, 이건 또 뭐야,

하고 멀뚱한 이들도 보이는 가운데 노래가 시작되었다. 미리 녹음된 가수의 목소리가 앞섰지만 손을 잡거나 주먹 쥔 손을 아래위로 흔들며 부르는 육성들도 꽤나 힘찼다. 6호실 사람 중에서는 최 교수만 입을 우물거릴 뿐, 세 사람은 입을 닫고 있었다. 신 세르게이는 물론 안상일과 한만기도 가사를 제대로 몰랐다. 한만기는 옆 사람의 손도 잡지 않은 것으로 노래 자체가 마음에 들지 않는다는 걸 표 내기도 했다. 하지만 노래가 숨 가쁘게 2절로 접어들자 그의 눈에 이슬이 맺혔다. 엉뚱하다고 여긴 노래가 이 메마른 땅까지 찾아온 자신의 감회를 흔들었던 것이다. 그는 쑥스러움도 잊은 채 눈가를 손등으로 훔쳤다.

노래가 끝난 뒤 사람들은 흩어졌다. 토굴 흔적을 찾는지 언덕 끝자락에 도달한 사람들도 보였다.

30분쯤 뒤, 한 씨가 버스에 제일 늦게 올랐다.

"어디까지 가셨어요? 땀을 많이 흘리십니다."

짝지인 안상일이 걱정했다. 한만기는 손수건으로 이마와 목을 훔치고는 무릎 위에 올려놓은 손가방을 열어 보였다. 무엇이 들었는지 모를 비닐 지퍼백뿐이었다. 한만기가 지퍼백을 조금 들어 올리자 묶인 비닐봉지 윗부분이 보였다.

"흙입니다."

너무 차분하고 무게가 실린 목소리라 안상일은 한만기를 다시 바라보았다. 그가 지퍼백에서 반쯤 꺼낸 투명한 비닐 안에 모래흙이 들어 있었다.

한만기는 아버지의 유언을 받들어 이번 여행길에 올랐다. 함경도가 고향인 부친은 죽기 전에 맏형, 그러니까 한만기에게는 큰아버지 이야기를 부쩍 자주했다. 부친은 열 살 위의 형님이 연해주로 들어가던 날을 어제같이 생생히 새겼다. 어쩌다 남쪽까지 흘러와 세상을 뜬다 생각하니 유독 큰형 기억이 새롭다는 것이었다. 한만기는 부친이 운명하기 며칠 전에 "백부님 자손도 찾아보고, 찾진 못해도 그 땅엔 꼭 가볼 거이 편히 쉬요."라고 고했다. 먹고살기 바빴던 시간을 접고 알아보니 큰아버지 후손들은 카자흐스탄이나 우즈베키스탄에 들어가 있었다.

안상일은 아무 말도 못 하고 한참 있다 "그래요, 한 말씀도 안 하시더니 여기 와서, 네, 그랬군요."라며 중얼거리다 참지 못하고 또렷하게 말했다.

"한 선생님도 행사하러 오셨구먼요."

"응? 그렇네, 그렇게 되네요. 허허. 하긴 사연 없는 사람이 어디 있겠소. 그래서 이때껏 노래 갖고 다투지."

"야, 이젠 최 교수에게 질문할 것도 없습니다. 답을

다 아시잖습니까."

안상일은 자칫 자기 사연까지 털어놓을까 싶어 계속 너스레를 떨었다,

"질문도 답을 어느 정도 아는 사람이 하는 거고, 그보다 연륜이 박사학위입니다."

다시 노래 부를 자리가 알마티의 고려극장에서 마련되었다.

여행의 대단원이 극장에서 내려지는 데다 블라디보스토크의 소규모 예술단으로 시작해서 이주 후 여러 곳을 떠돌다 이곳에 자리 잡은 극장이라고 하니 낡은 건물도 친근하게 여겨졌다. 로비에 전시된 수많은 사진들 속에서 백부의 후손이라도 만난 양 오래 서 있었던 한만기는 극장이 그들처럼 횡단열차를 타고 온 느낌까지 받았다,

연주와 노래, 춤으로 환영공연이 펼쳐진 뒤, 무대와 객석이 하나 되어 〈아리랑〉을 불렀다. 사회자가 말하지 않아도 모두 그 노래를 부르게 되어 있다는 듯이 첫 소절부터 힘찼다.

한 씨는 안상일의 손과 최 교수의 손을 힘주어 잡고 노래를 불렀다. 최 교수는 한 씨의 악력이 부담스러웠지만 안상일은 더 꼭 쥐어주었다. 신 세르게이도 현지

인들 속에 묻혀 흥겹게 불렀다.

연회가 극장 뜰에서 있었다. 한가한 동네인 데다 토요일 저녁이라 노래도 괜찮다는 소식이 전해지면서 보드카 같은 화끈한 기운이 돌았다. 노래기기가 설치되고 스타트를 김 이사가 〈서울의 찬가〉로 끊었다. 밖으로 나가기 전에 찾은 화장실에서 오줌까지 시원하게 비운 안상일은 기분이 좋았다. 다시 마주치지 못할 이 시간을 즐기고 싶었다. 그는 한 씨에게 한 곡 부르기를 권한 뒤 신 씨에게 다가갔다.

"신 세르게이 선생님, 내일이면 긴 여정이 끝납니다. 엄청 길었던 것 같은데 끝입니다. 끝."

안상일의 말을 듣던 신 세르게이는 "실망이든 만족이든 둘 다든, 안 선생 겁니다. 근데 지금은 보드카와 노랠 즐기면 됩니다."라면서 쥐고 있던 술잔을 높이 들었다.

"아, 그렇습니까? 저는 선생님이 이 자리에서 무슨 노랠 하실지 제일 궁금합니다. 열차에서 선생님 사시는 이곳에는 여러 노래가 섞였다고 하셔서 말입니다."

"허, 여기보다 한국이 더하더만. 그래 그건 그렇고, 그냥 노래 한마디 하시오 소리보담 더 맵네. 허허."

신 세르게이는 술을 마신 뒤 곧장 사회자에게로 걸

어갔다. 그리고 앞 사람 노래가 끝나자 마이크를 잡았다.

"까츄샤가 제목입니다. 우리말 가사는 이렇게 됩니다. 배와 능금나무에 꽃피었다. 강 우에는 안개 떠 간다. 강 언덕에 까츄샤 나섰다. 뚝 떨어진 강 언덕 우에. 이게 일 절이고, 그는 조국의 땅을 지키고요 까츄사는 사랑을 지킨다, 이거이 사 절인데 다 부르면 상 우에 보드카만 줄어들 거니 잠깐 합니다."

웃음 속에 러시아어 노래가 그의 입에서 흘러나왔다. 안상일도 한만기도 가볍게 손뼉을 치며 그를 응원했다. 최 교수가 그들에게 다가오며 오른손 엄지를 치켜 보였다. 한국에서 부르는 같은 제목의 노래와 다르다는 걸 미리 알고 있었다는 듯한 표정들이었다.

무반주 노래를 다시 부른 사람은 한만기였다.

"고향 노래가 한둘이 아니지만, 이 노래는 어떻습니까?"

그는 흠흠, 목을 가다듬고 마이크를 손에 꼭 쥐었다.

"한 송이 눈을 봐도 고향 눈이요 두우 송이 눈을 봐아도 고향 눈일세, 깊은 바암 날려 오는 눈송이 속에 고향을 불러보는 고향을 불러보는 젊은 푸넘아아." 반주가 없으니 간주곡도 없고 곧장 이 절이 흘러나왔다. "소매에 떨어지는 눈도 고향 눈, 뺨 우에 흩어지는 눈도 고향 누운, 타관은 낯설어도 눈은 낯익어…."

한여름 늦은 저녁에 한만기가 부르는 〈고향 설〉이 더운 공기를 울렸다. 안상일은 박자보다 가사라도 놓치면 어쩔까 조마조마하다 에라, 하고 박수를 치기 시작했다. 모아진 박수가 맞아떨어지면서 한 씨의 노래는 어느새 삼 절로 접어들었다. 마당에는 물론 잎이 무성한 여름날의 아름드리 가로수에도 눈이 내렸다.

두 여자를 품은 남자 이야기

1

　존 핸콕과 김옥희의 결혼식은 10월 말, 엘에이 다운타운의 팔레스호텔 연회장에서 만찬을 겸해 열렸다. 하객들은 엘에이 특유의 다민족 사회 모습을 보여주듯 한인을 비롯한 아시아계, 백인과 흑인, 라티노 등 다양한 모습이었다. 한인 사회자는 핸콕의 20년 지기라고 자신을 소개하면서 보험전문 변호사라고 살짝 덧붙였다.
　곧이어 사회자는 "이 자리에는 신랑이 활동하는 여러 커뮤니티와 단체의 관계자를 비롯해 신랑 신부의 지인들이 많이 참석하셨습니다."라는 말을 통해 예식이 영어와 한국어로 진행된다는 사실을 알렸다. 이 도시에서 이중 언어 사용은 일상생활에서는 물론 크고 작은 미팅에서도 익숙한 일이었다. 사회자가 신랑을 소개했다.

"오늘 이 자리에서 존은 신랑 존 핸콕으로 불리어야 마땅하지만, 우리는 미국과 한국과의 관계를 잘 보여주는 인물이자 동아시아 전문 정치인으로서 존 핸콕을 상기하지 않을 수도 없습니다."

존 핸콕은 한국에 주둔했던 미 육군 7사단 소속 하사관 로버트 핸콕과 한국인 간호사 박주미 사이에서 태어났다. 로버트 핸콕이 근무한 7사단은 한미 양국 관계를 상징하는 부대라는 점에서 핸콕의 출생은 운명적이기도 했다. 맥아더사령부 휘하 24군단 7사단은 1945년 한국에 상륙한 미국 군정의 주축 부대였으며, 한국전쟁 때는 서울을 수복한 주력부대이기도 했다. 1971년에 한국을 떠났으며 부대 해체와 더불어 핸콕의 부친도 사회인이 되었다. 핸콕이 중학교에 입학하던 해 부모는 이혼을 했고 그 뒤로는 어머니와 살았다.

한 번씩 흔들리기도 했지만, 핸콕은 고등학교까지 무사히 마치고 부친에 이어 그 자신도 군인이 되었다. 그리고 자신이 태어난 어머니의 나라에 지원하여, 아침 PT 때 뛰기 시작해 숨이 차오를 때쯤 JSA가 보이는 캠프 그리브스에서 근무했다. 그의 부대는 한국의 미

드팬들에게도 인기가 높은 〈밴드 오브 브라더스〉에 나오는 바로 그 506보병연대로 흰머리수리 공수 견장을 떼고 2사단에 소속된 지 오래였다.

"저쪽에 미국과 한국, 더 나아가 태평양을 향한 미국의 자랑스러운 퇴역군인이 있습니다."

사회자가 테이블에 앉은 핸콕을 가리켰다. 박수가 터져 나오고 핸콕이 일어나 손을 흔들며 인사했다. 큰 키에 중후한 몸집이었는데 첫눈에는 백인 모습이었다. 앉기 직전 그가 이마 아래에 왼손을 얹으며 테이블들을 살폈다. 박수 속에 웃음이 흘렀다. 지지자들 앞에서 자주 보이는 핸콕만의 트레이드마크 제스처였다.

사회자의 발언이 이어졌다.

"하지만 용맹스런 예비역 군인이자 에너지 넘치는 정치인도 사랑하는 여인 앞에서는 바람에 눕는 풀처럼 한없이 부드럽고 소년처럼 설렙니다. 오늘은 바로 그런 모습의 절정을 보는 날이기도 한데, 아직 소개할 말이 남았기에 우리의 신랑이 미리 그런 모습을 보일 필요는 없습니다."

웃음이 퍼진 뒤 스피치는 이어졌다.

"존 핸콕은 전역 후 성공한 사업가에 그치지 않고 다양한 사회활동을 통해 한인커뮤니티를 비롯한 여러 커뮤니티에 헌신했으며, 캘리포니아 주 의회 의원을 거쳐 지금은 연방 하원의원으로 일하고 있습니다. 이런 그의 거침없는 질주를 두고 육상선수 제시 오언스나 우사인 볼트처럼 '달리는 핸콕'이라는 말까지 나오고 있음을 우리는 잘 압니다."

사회자가 말을 잠시 끊고는 차분한 톤으로 목소리를 바꾸었다.

"그렇지만 그에게 뜻밖의 큰 어려움이 닥쳤습니다. 무엇과도 비교할 수 없는 우리의 인간적 고통은 사랑하는 사람을 잃는 일이라는 말에 여러분도 공감하실 것입니다. 그는 아내 선미 핸콕을 잃었습니다. 이 자리에 계신 많은 분들을 포함해서 우리는 고인의 명복을 빌면서 그를 위로했음을 기억합니다."

사회자는 잠시 호흡을 가다듬은 후 1년이 흘렀다고 말을 이었다.

"일 년 전 그때의 위로가 힘이 되어 존이 오늘 이 새로운 출발의 자리에 섰습니다."

하객들은 박수를 치면서 옆 사람과 잠시 얘기를 나눴다.

"우리 인생사에 어느 하나의 길만 있지 않다는 걸 우리는 압니다. 존을 상실의 길에 멈추어 서 있게 할 수는 없습니다. 다르게 말하자면, 존을 멈추게 할 수는 없다, 존 핸콕은 계속 앞으로 나아가야 한다! 그런 말이 됩니다. 그래서 그는 새로운 길에 나섰고, 우리는 힘을 모아주기 위해 여기 모였습니다. 자, 이제는 새 길을 같이 걸어갈 신부를 소개할 시간인데 저는 그 시간을 감당하기에는 적합하지 못합니다. 신부를 잘 아는 분인 닥터 김을 소개하겠습니다. 김 박사님은 한국의 명문 대학에서 국제정치학을 가르치고 있습니다. 사회를 보는 저로서 다행스런 것은 제가 옆에 서서 영어로 통역을 하지 않아도 된다는 사실입니다. 이제 이 단상과 마이크는 김 교수님의 것입니다."

사회자가 단상에서 내려와 신랑 신부가 있는 헤드 테이블로 가는 동안 그 자리에 앉아 있던 중년 여성이 마이크 앞에 섰다. 하객들은 이미 자유로운 결혼식 방식에 젖었는지 마이크의 주인공이 바뀌는 걸 편안하게 바라보았다.

"반갑습니다. 사회자께서 제가 신부를 잘 안다고 소개하셨는데, 저는 신부의 사촌 언니이며 고인이 된 선미의 친언니입니다."

모든 테이블이 잠시 수런거렸지만 그 놀라움은 서주에 불과했다. 김교수가 잠시 망설이는 표정을 짓다 말을 빠르게 했다.

"고인은 세상을 뜨기 전 남은 시간을 자신의 빈 자

리를 두고 고심하며 보냈음을 먼저 말씀드립니다."

미리 염두에 두었던 이야기의 흐름을 뛰어넘었음을 보여주는 것은 그다음 말이었다.

"오늘 빛나는 저 자리에 앉은 신부는 고인의 선택이었음을, 신랑을 대신해서 먼저 밝히는 걸 이해해주시기 바랍니다."

김 교수가 신부에게 다정한 눈길을 주며 말을 마치자 모든 테이블이 감탄사로 흔들렸다. 오 마이 갓, 이런, 도대체 라는 단음들이었다. 오직, 김 교수가 지목한 헤드 테이블의 신랑 신부와 신랑의 아이들만 미소를 짓고 있었다. 보험전문 변호사인 사회자는 고개를 끄덕이는 것으로 자신이 이미 그 사실을 알고 있었음을 보여주었다. 막간이라는 표현이 딱 맞아떨어지는 시간 동안 연설대가 가장자리로 옮겨지면서 벽면 중앙에 영상이 펼쳐졌다. 첫 화면은 존 핸콕과 김선미의 결혼식 사진이었다. 검정 턱시도의 핸콕과 순백색 웨딩드레스로 화사한 선미가 순식간에 시간의 강을 건너왔다.

2

  두 사람은 1999년 미국 엘에이에서 만났다. 엘에이 폭동 7주년을 맞아 열린 세미나 자리에서였다. 김선미는 어바인대학 대학원생이었으며 핸콕은 '엘에이를 사랑하는 동쪽 사람들'이라는 정치사회단체의 리더였다. 1992년 4월에 발생한 엘에이폭동은 흑인 운전자에 대한 백인경찰의 과잉대응으로 촉발된 대규모 흑인 시위로 한인 이민사의 한 페이지를 장식하게 되었다. 한인 상권과 공동체가 성난 흑인들의 타켓이 되어 큰 피해를 입었는데, 이는 자기네 동네에서 돈만 벌어간다고 여겨지는 한인들에 대한 반감이 폭발한 결과였다. 한인들로선 고래 싸움에 새우 등 터진 격이지만 그런 속담에 묻어두고 갈 일은 아니었다.

  이 엄청난 사건은 한인들에게 이 도시에 같이 살고 있는 흑인을 비롯한 다른 공동체들에 대한 이해와 소통, 도네이션의 적극적인 계기가 되었다. 나아가 주 정부와 엘에이시티 차원의 커뮤니티 교류에 대한 법적 사회문화적 변화의 변곡점이 되면서 누군가에게 기회의 공간까지 열어주었는데, 핸콕이 바로 그 경우였다.

  두 사람이 만난 시간을 기준으로 볼 때 삶의 큰 변화는 오로지 핸콕에게만 있었던 것처럼 보일 정도로 그동안 그는 롤러코스터를 타고 널을 뛰었다. 전역 뒤 그는 군 복무 혜택으로 대학에 적을 두었지만 절제와 강인함에 바탕을 둔 군 시절의 각오는 해변의 모래처럼 씻겨갔다. 학생회장 선거 실패와 실연이 겹쳤다.

 청소년 시절에 이은 두 번째 방황을 지켜보던 모친이 한인사회에서 어느 정도 알려진 사찰에서 지내볼 것을 권했다. 주지 스님은 미국인으로 참선을 구도의 방도로 삼는 분이었다. 햇콕이 절에 머무는 첫 번째 조건은 증축 중인 사찰 공사에 노동력을 제공하는 것이었다. 햇콕은 노동은 물론 몇 사람의 한인 인부나 절을 찾는 신자들과 어울리는 건 즐거웠지만 침묵으로 자신을 들여다보는 것은 고통이었던 모양이다. 한 계절을 보낸 뒤 스님이 햇콕에게 충고했다. "어려운 이들을 도우면서 많은 사람들과 어울리는 게 당신의 장점인 것 같소."

 그 순간 햇콕은 도일(導一)이란 자신의 한국 이름에는 하나로 이끈다는 뜻이 담겨 있다는 어머니 말씀을 떠올렸다. 자라면서 예사로 넘기거나 반항적으로 내쳤던 그 말이 이제 울림으로 되살아 난 것이다. 여러 형태의 사회봉사 활동은 그렇게 시작되었다. 그리고 여러 일들이 일어났다. 모친이 사망하고, 부친에게서 연락이 왔다. 아버지와 아들은 남가주대학병원에서 만났다. 로버트 핸콕은 이 세상의 마지막 2주일을 첫 자식과 같이했는데 셋째 날 변호사가 존에게 내민 서류는 상속문서였다. 그는 떨리는 손으로 부친 재산의 쿼터를 받는다는 서류에 사인했다. 친환경 포장재 사업에 이어 부동산으로 성공한 로버트가 재혼한 부인과 그 사이에서 난 두 자식, 그리고 존에게 똑같은 재산을 남긴 것이다.

큰 재산이 사람을 바꾼다는 것은 동서고금의 진리다. 더구나 갑작스레 생긴 재물이라면 신은 그 주인공을 악마와 천사 어느 한편에 세울 수도 있다. 여러 번 위기에 빠져본 핸콕의 입장이라면 충분히 그런 믿음에 빠질 수 있었다. 핸콕은 선미를 만났을 때 자신에게 닥친 불행과 행운을 어쩐지 그녀와 관련지어 생각하고 싶어졌다. 선미를 만나면 마음과 몸이 설레고 황홀해지면서 스님이 자신에게 했던 말을 계속 실천할 지혜와 용기까지 솟았다. 무엇보다 한동안 잊고 있었던 캠프 그리브스의 식당이 거짓말처럼 떠오르면서 그때의 다짐이 마음을 불태웠다.

핸콕에 비한다면 김선미는 다소 평범해 보일 수도 있다.

삼남매의 늦둥이 막내인 선미는 부모가 이민을 결

행했을 때 중학생이었다. 대학생이었던 김 교수와 오빠는 한국에 남고 형제 중 혼자만 갔다는 소리인데 그녀는 다행히도 셀리라는 미국명을 편안하게 쓰면서 새로운 환경에 무난히 적응했다. 그리고 한인사회에 갇혀 살기보다는 미국이라는 이름의 용광로 속에 녹아들며 살고 싶다는 소망을 품고 열심히 노력했다.

하지만 결혼은 또 다른 문제였다. 핸콕을 만났을 때 그녀는 그렇게 생각했다. 딱히 깊이 사귀는 한인 남자친구는 없었지만 혼혈 남자는 뜻밖이었다. 그리고 남자의 외로움과 정치적 야망이라는 전혀 어울리지 않는 조합 앞에서도 선미는 망설여야 했다. 하지만 사랑은 감정만이 아니라 상황이 이끌기도 하는지, 캘리포니아 주 의회 공화당 후보 경선이 닥쳐오면서 선미는 그의 참모직을 받아들이고 호흡을 맞추어갔다.

선미 부모는 활달한 막내딸이 학교 다닐 때부터 서양인 친구들을 집에 데리고 오는 것에 익숙했지만 결혼상대로 백인 혼혈남을 데리고 올 줄은 생각지 못했다. 딸은 몰라도 그들이 볼 때 핸콕은 한마디로 부모형제 없는 천지간의 홀몸이었다. 선미 부친은 딸이 왜 제 엄마가 담아주는 김치도 잘 먹는 전문직 한인 총각을 데려오지 못하는지 서운했다. 외국인 사위나 며느리를 둔 부모들이 친자식과도 소원해지는 경우를 흔하게 보았었다. 그는 뒤뜰에서 눈물을 훔치는 아내를 보며, 미국 이민을 택한 자신이 후회스럽기까지 했다. 하지만 결혼은 이루어졌고, 서운함은 사위의 정계 진출과 귀여운 손주들의 탄생으로 씻어졌다.

"선미의 결혼생활은 빛났습니다."

김 교수가 말했다.

"동생은 어렸을 때부터 자신이 목표로 했던 주류 사회로 나아갔으며, 그러한 동생의 선택이 우리 가족으로서는 부모님의 이민이 어떤 면에서 완성되었다는 의미를 갖게 된 것입니다."

화면 속의 선미는 테이블에 앉아 있는 세 아이와, 화면 바로 옆에 서서 마이크를 들고 있는 친언니로 해서 살아 있는 존재로 보이기도 했다. 김 교수가 차분하게 말을 이었다.

"우리는 이 땅에서 신이 허락하신 시간을 살아가는 존재들입니다. 나는 언니로서 그리고 한 인간으로서 동생의 삶이 그녀 자신에게 허용된 시간 안에서는 완결되었다고 생각하고 싶습니다. 동생은 한국계 미국인이라는 자기 정체성을 살려 커뮤니티 교류 전문가가 되고 싶어 했습니다. 비록 결혼으로 그녀 자신이 학문의 길까지는 가지 못했다 해도 남편을 워싱턴 디시로 보내는 길을 열었다는 사실을 우리는 압니다."

박수가 터지고 핸콕이 테이블 자리에서 일어나 인사했다. 김 교수가 언급한 대로 선미는 남편을 정치가로 세웠다. 그녀는 아시아계 미국인이라는 자신의 정체성이 핸콕에게 정치적으로 작동하게 하는 데 모든 노력을 쏟았다. 태평양과 마주한 캘리포니아는 미국에서도 디아스포라가 제대로 활력을 발휘하는 땅이었다.

핸콕이 엘에이 동남부 지역을 기반으로 지지를 얻어가는 동안 선미는 정적들로부터 핸콕의 아내보다 '핸콕의 참모'라 불리기 시작했다. 정치판에서의 상대방에 대한 비난과 조롱은 한국에 비해 표현만 다소 우회적일 뿐 미국도 만만찮았다.

"선미는 가정주부로서 그리고 핸콕의원의 참모로서 일인이역을 정말 훌륭히 해냈습니다. 하지만 안타깝게도 하늘은 선미에게 기한을 정해주었습니다."

그 말을 기다렸다는 듯 화면이 꺼지고, 김 교수가 무대 가운데로 나왔다.

"선미는 이제 우리 곁에 없지만, 앞에서 말씀드린 대로 제 동생은 자신의 자리에 오늘의 신부 옥희를 앉히고 떠났습니다."

사실 두 번째 강조되는 김 교수의 발언은 따져볼 여지가 있기는 했다.

조금 전까지 화면 속에 살아 있던 선미가 자기 빈자리를 두고 망설이고 고민한 것은 사실이었다. 가족을 두고 먼저 떠나는 그녀로서는 당연한 일이기도 했다. 뇌종양 수술 후 징후가 좋지 않다는 사실을 안 뒤로 선미는 남편과 아이들 생각뿐이었다. 남편보다 아이들을 위해서라도 마땅한 사람을 찾을 수만 있다면 자신이 찾고 싶었다. 이성은 열리지만 감성은 닫힌 상태가 계속되고 무엇보다 자신은 꼼짝없이 누워 있는 몸이었다.

그런 상태였을 때 언니가 옥희를 데리고 왔다. 돌아가신 아버지는 물론 언니에게서도 이야기는 들었지만 대면은 처음이었다. 예쁘장한 첫인상과 관계없이, 가족을 버리고 여자 몸으로 혼자 탈북했다는 사실 자체가 선미에게는 불편했다. 선미는 눈을 감고 잠을 청하는 것으로 첫 대면을 끝냈다. 며칠 뒤부터 옥희는 선미의 병상을 찾아와 한나절씩을 보내고 가기를 되풀이했다. 피는 물보다 진한지 일주일에 한 번 찾아오는 아이들이 옥희를 이모라고 자연스레 부르고 있었다. 불편함은 사라지고 옥희의 영민함과 인간미가 보이기도 했지만 마음이 열리지는 않았다. 선미는 예민해져 가는 자신을 힘겹게 다스리며 어떤 내색도 보이지 않았다. 남편 옆에 어떻게 북한에서 온 사촌을 앉힌단 말인

가. 선미는 혼자 고개를 흔들다가도 그래도 핏줄이니까 낯선 여자보다는 나을 수 있다는 생각에 매달리기도 했다.

그렇게 옥희에게 마음이 가고는 있었지만 무슨 다짐을 하거나 뒤를 열어두지 않은 분위기 속에서 언니와 옥희 두 사람의 출국 날짜가 다가왔다.

"옥희가 미국 와서 살 마음은 없나 보다. 어딜 가도 차를 타야 하고 팁이 무서워 어딜 맘 놓고 들어가지도 못하겠대."

언니의 말을 듣고 선미는 옥희의 손을 잡으며 웃었다.

"한 번 봐서 아니? 언니랑 다시 나와. 내 집에서 살림도 도와주고."

그게 선미가 옥희에게 한 마지막 말이 되었다. 선미는 석 달 뒤 세상을 뜨고, 김 교수가 옥희를 다시 미국에 데려온 건 그로부터 1년이 지나서였다. 물론 김 교수가 동생의 말을 잘못 들었을 리는 없다. 다만 그녀 자신의 입장이 있을 수는 있다. 옥희의 출연은 동생의 죽음을 제대로 애도하기 위한 그녀 자신의 방식이었다. 동생의 분신인 조카 셋을 어쨌거나 곁에 두어야만 그 애들이 죽은 엄마를 그나마 실감 있게 기억할 것이었다. 그동안 지낸 정을 생각해서라도 핸콕을 자기네 김씨 가족과 묶어두고 싶기도 했다.

그에 비한다면 미국통으로서 그녀 자신의 학술 활동에 핸콕 의원이 도움이 된다거나, 선미와 옥희를 남한과 북한으로 여기고 핸콕의 미국과 어쨌거나 연결시켜 보려는 생각은 하찮거나 세속적인 것이라는 마음도 있었다. 그녀는 한국적 사고나 정서로는 조금 어색하고 거부감까지 드는 것도 감안하면서 핸콕과 옥희의 결합을 구체화시키는 데 힘을 쏟았다.

김 교수는 자신의 모든 감정과 생각을 제대로 전달할 수는 없겠지만, 그래도 이 결혼식 자리를 한반도 상황과 연관 지어 하객들에게 이해시키고는 싶었다.

"제가 여기 선 것은 신부 가족을 대표하여 하객 여러분께 감사의 인사를 전함과 동시에 이 결혼식의 의미를 새기기 위해서입니다. 허락해주신다면, 제 가족사를 잠시 이야기드려 보겠습니다. 제 선조가 살았던 땅은 개성이란 도시인데 그곳은 코리아라는 이름을 세계에 통용시킨 고려 왕조의 수도였으며, 한국전쟁 전에는 사우스 코리아에, 전쟁 뒤에는, 그러니까 지금은 노스 코리아에 속해 있습니다. 저희 가족의 이산은 1945년 일본의 패전과 같이 찾아왔습니다."

그녀는 부친에게 들은 이야기를 상기했다. 그 무렵 그녀의 부친은 학교를 다니던 서울에서, 삼촌은 개성을 떠나 청진에서 새 둥지를 틀 준비를 하고 있었다. 삼촌이 청진에 거주하게 된 것은 해방 이태 전에 할아버지가 그곳에서 새 일자리를 구했기 때문이라고 했다. 그 뒤 전쟁이 일어났다. 생사를 넘나드는 혼란의 시간이 지나서야 형제는 이제는 두 번 다시 만날 길 없는 이산가족이 되었음을 알았다.

그 뒤의 시간이 더 길었다.

부친은 미국생활이 어느 정도 안정된 뒤에야 북에 있는 부모와 동생을 찾으려는 생각을 했다. 미국 교포 사회에서 북에 가족이 있는 사람들은 일찍부터 서신 왕래는 물론 평양까지 비행기를 타고 들어가 부모 형제를 만나고 있었다. 부친은 이민을 올 때 자신의 마음 한구석에 그런 기대도 담겨 있었다는 기억을 새롭게 되새기며 시간은 물론 돈도 많이 든다는 그 절차를 밟기 시작했다. 진작 할 일을 생의 마지막에 한다는 생각에 죄스럽고 기대에 목이 멨다.

하지만 북에 있는 가족을 먼저 만난 사람은 부친이 아니라 김 교수 자신이었다.

어느 날 그녀는 전화 한 통을 받았다.

"김선주 교수님, 사촌 동생이 들어왔습니다."

그녀는 처음에는 어리둥절했다가 뒤에는 놀랐다. 기관원이 태연하게 북한이라는 말을 빼먹고 있었기 때문에 사촌 동생은 물론 '들어왔다'란 말이 아주 낯설었던 것이다. 김 교수는 아버지가 북에 있는 삼촌네를 찾아내서는 서신연락을 하고 있다는 것은 진작부터 알고 있었다. 그리고 상봉 신청을 했다가 부친의 몸이 갑자기 좋지 않아 중단상태에 있기도 했다.

기관원이 말했다.

"김옥희 씨가 보호자를 정해야 하는데 본인이 교수님을 선택했습니다."

김 교수는 토를 달지 않았다. 오빠는 은행에서 일하다 암수술 뒤 장기 투병 중이었다. 문제는 부친이 북의 삼촌과 서신연락 중에 그 가족 한 명이 탈북했다는 것이다. 김 교수는 할머니를 모신 삼촌네 가족들이 모두 그만그만하게 살고 있다는 이야기를 머릿속에 새겨두고 있었다. 그만그만하게 산다는 것은 경제적 큰 어려움 없이 통치 체제에 대한 갈등과는 조금이라도 비껴간 직종에 몸담고 있다는 뜻이었다.

전기기술자인 아버지는 그 얘기를 유난히 강조하기도 했다.

"매 다 기술직이란다. 기술자는 자기가 다루는 게 무엇이든 그 자체의 시스템대로 움직이지 자기 판단대로 주관대로 일하는 게 아니야. 전기가 들어오지 않아도 기계가 돌아가는 경우도 있단 말이다. 하여튼, 예전부터 개성사람들이 실무적이고 실용적이었다. 소식 듣고 집안물림이다 싶었지. 그러고 보니, 너하고 선미만 좀 별나게 보이는구나."

생각지도 못한 옥희의 탈북 소식을 전했을 때 미국의 아버지는 딸 걱정부터 했다.

"그냥 내 살았을 때 한번 만나볼까 하구 시작했는데 일이 번졌구나. 학교 나가는 너가 불편한 거 아냐?"

국가보안법이 시퍼렇게 살아 있는 나라에서 북한과 걸리는 게 신상에 좋을 리는 없었지만 그녀는 "걱정 마세요. 제 전공이 명색이 국제정치학이잖아요."라고 힘 있게 답했다. 부친이 "그래, 그래." 하고 맞장구를 치고는 "근데 말이야."라고 덧붙였다.

"실은 내가 큰맘 먹고 몇 달 전에 다섯 장을 옥희에게 보냈는데… 만나게 되면 그것도 확인해봐라."

부친은 자기 몸 상태를 알고는 상봉을 못 하는 대신 5만 달러를 보냈다는 이야기를 그제야 털어놓았다.

"네? 그렇게 많이 보냈다구요?"

딸의 높은 목소리에 놀랐는지, 부친은 한참 침묵하다 입을 뗐다.

"여기선 그렇게들 하고 있다. 네 숙부 내외가 할아버지 할머니 모시고 그동안 애쓴 걸 내가 잊으면 안 되지 않겠냐."

김 교수는 미국에서의 이산가족 상봉 관행은 물론 부친의 유교적 윤리와 병환을 겹쳐 떠올렸다.

"네에. 잘하셨어요. 돈도 잘 갔겠지만, 제가 알아볼 테니 걱정 마세요."

김 교수는 기억을 멈추고 이야기의 맥락을 찾았다.

"그렇게 해서 저는 남한에 넘어온 옥희를 가장 먼저 만난 혈육이 되고 후견인이 되었습니다."

김 교수가 목소리를 가다듬었다.

"옥희가 왜 두만강을 건넜으며 어떻게 중국을 거쳐 남한에 왔는지에 대해서는 제가 이야기할 입장이 아닙니다. 제가 말할 수 있고 또 하고 싶은 말은 국제관계의 심볼로서의 이 시간의 의미입니다. 자유와 민주주의 가치를 지향하는 미국은 한국인으로서 잊을 수 없는 이름입니다. 19세기 말에 시작된 한미관계는 2차 세계대전의 종식으로 한국에게 해방을 주고 한국전쟁 때는 우리의 생명을 살렸습니다. 한국전쟁은 왜 일어났느냐?"

김 교수가 잠깐 침묵했다. 결말에 도달하기 전에 하객들의 주의력을 모으기 위해서였다.

"그것은 미국이 단 한 번, 그것도 아주 잠깐 한국의 손을 놓았기 때문입니다. 1950년 초에 미국은 알류산

열도에서 필리핀에 이르는 태평양에서의 미국 방위선에서 남한을 제외했고, 그 틈을 공산진영은 파고들었습니다. 전쟁은 비극이지만 역설적이게도 한미동맹이라는 큰 선물을 주면서 한국을 안정시켰습니다. 지금도 북한은 핵 개발과 대륙 간 미사일 시험발사로 남한은 물론 미국까지 위협하고 있으며, 바로 이런 시점에 오늘의 결혼식이 있다는 점을 저는 강조하고 싶습니다. 그러니까 존과 옥희의 결혼은 결국에는 도달해야 할 미국과 노스코리아의 모습을 먼저 보여주고 있다는 말씀을 드리고 싶은 것이 제 솔직한 심정입니다."

박수가 터지고 테이블에 따라 다수의 사람들이 함께 일어서기도 했다. 마지막의 비약이 먹힌 것이다. 김 교수는 국제정치학 학자로서의 존재감을 살린 자신의 연설에 만족했다. 사실 그녀는 현실정치에 밀접한 학술단체의 주요 멤버이면서 한국정부 산하 정책연구소 한 곳의 전문위원이기도 했다. 김 교수가 헤드 테이블을 살짝 보며 말했다.

"존, 그리고 조카 제임스와 지미, 제인, 그리고 옥희에게 사랑한다고 말하고 싶습니다. 여러분 모두 감사합니다."

김 교수가 자기 흥분 때문인지 다음 스피치할 사람을 지명하지 못하고 단상에서 내려오자 사회자가 재빨리 움직였다. 두 사람은 웃으며 김옥희를 단상으로 데려갔다.

3

김옥희가 마이크 앞에 섰다. 신장과 체격은 동양 여자의 표준 정도로 보였으며 얼굴은 미인형이었다.

하객들은 그녀에게서 고인이 된 선미의 모습을 찾거나 노스코리아에서 온 여자를 주인공으로 마주 보는 호기심, 그리고 성공한 정치인 핸콕이 선택한 여자에 대한 궁금증 등이 뒤섞인 시선을 쏟았다. 그들의 귀에 옥희의 목소리가 꽂혔다.

"반갑습니다. 여러분 앞에 이렇게 인사드리게 되어 기쁩니다. 제가 선 이 자리가 김옥희라는 한 개인으로서의 존재를 넘어 핸콕 가족과 그 공동체의 일원으로 인정받는 자리이기 때문입니다. 더구나 이곳이 미국이라는 나라이기에 더 기쁘고 행복합니다."

영어는 거기까지였다. 열심히 배우고 있지만 스피치는 아직 무리였다.

"저의 이 자리가 핸콕 집안과 관계를 맺은 김씨네 가족의 이야기이면서 동시에 하나의 민족이면서 이질적인 두 국가가 만들어낸 스토리라는 사실은 제가 존경하고 사랑하는 언니 김 교수님이 조금 전에 말씀드렸습니다. 더구나 언니는 미국과 남조선, 미국과 북조선의 국제관계에 대해서도 언급하셨는데 그런 맥락에서 제가 보탤 수 있는 이야기는 제가 맡은 역할의 한 당사자로서의 발언일 뿐일 것입니다."

사회자가 통역을 하는 동안 옥희는 감회에 젖어 잠시 눈까지 감았다. 옥희의 말이 조금씩 차분해지면서 윤기 나는 본래의 목소리가 살아났다.

"자기가 살던 땅을 떠나 낯선 땅, 남의 나라에 살아야 하는 디아스포라가 성경에서부터 나온다는 사실을 새롭게 알았습니다만, 그 본인에게는 역사에 관계없이 언제나 위험한 도전인 것만은 사실입니다. 지금은 돌아가셨지만, 아버지에게서 미국과 남한에 사촌형제들이 살고 있다는 이야기를 처음 듣는 순간, 그동안 철천지 원수로 새겼던 미제국주의와 그 미제의 꼭두각시로 알고 있던 남조선은 나에게 반드시 가야 할 땅이 되었습니다. 왜냐하면…."

옥희의 목소리가 떨렸다.

"사회주의국가가 지상의 낙원이라면 내 첫아이를 포함한, 수많은 인민들을 영양실조로 죽게 하지는 않을 것이기 때문입니다."

북한에서는 1990년대 중반부터 몇 해째 대기근이 계속되었다. 경작 감소에다 국제관계의 악화로 제대로 식량원조까지 받지 못하면서 아사자가 속출하고 모든 인민이 굶주리는 끔찍한 재앙이었다. 선전과 구호의 극장국가답게 당 지도부는 환란을 이겨내고 공화국을 수호해야 하는 일을 두고 고난의 행군이라고 이름 지었다. 일본제국주의 시절 만주지역에서 활동하던 김일성빨치산부대가 추격하는 일본군을 뿌리쳤던 불굴의 정신을 되살려 이 위기를 극복하자고 내건 슬로건이었다.

　사회자의 보충설명까지 끼어든 통역이 끝나자 옥희가 말을 이었다.

　"우리 인간이 환경의 변화에 적응하면서 사는 사회적동물이라는 사실은 이념이나 인종, 국적에 관계없는 불멸의 진리라는 걸 저는 깨달았습니다."

　옥희의 부친은 동해안의 청진시에서 어로지도원으로 일하다 은퇴했다. 남한으로 치면 해양수산부 산하 기관의 기술직 계장급 정도였다. 4남매 막내인 옥희는 전문대학을 나와 물고기회사(수산회사)에 근무하다 고급중학교 교사와 결혼했다. 고난의 행군 때 가장 속수무책인 직업 중의 하나가 교사였다. 첫애를 하늘로 보내고 사람이 변한 남편은 장마당에 나서고 월경까지

하며 악착을 떨었다. 그리고 운 좋게 중국 쪽 회사의 파견직원 신분을 얻었지만 호사다마라는 말을 듣고 싶었는지 심근경색으로 돌연사하고 말았다.

다행히 중국회사는 배우자인 옥희가 원한다면 일을 계속 시키겠다는 의사를 보였다. 고인의 성실성을 높이 사고 유족 위로 차원이라고 했지만 청진시에 몇 번 들렀던 중국 회사의 책임자가 옥희를 눈여겨보았다는 말이 뒤로 돌았다. 옥희는 물고기회사 직원 신분을 유지한 채 무역 일을 할 수 있었다. 회사로서는 실적이 필요하고 중국회사는 공인된 북한 회사를 거래처에 넣으므로 신용도를 높일 수 있었다. 당이든 군이든 모든 조직이 외화벌이에 나선 데다 청진시는 함경북도 외화벌이의 집중지였다.

미국과 남한에 또 다른 가족이 살고 있다는 소식을 들은 시기는 옥희가 처음으로 중국 본사 출장을 다녀온 뒤였다. 할머니와 아버지보다 형제들이 더 들떠 있었다. 청진 시내와 외곽에 살고 있는 오빠와 언니도 다녀갔다면서 아버지가 덧붙였다.

"시상이 퍽도 바뀌었다야."

남조선에 형제가 있다는 사실이야 공화국 건설 초기와 전쟁이 끝난 뒤 호구 조사의 특별비고란에 올라 있어 성분 평가와 승진에 영향을 미쳐왔다. 옥희의 부친은 형네가 남조선이 아닌 미국에까지 가 있으리라고는 꿈에도 생각지 못했는데 이제 부러움의 대상이 되었다는 게 새삼스러웠다.

"미제는 미워해도 달러는 좋아해야 하나 부다야."

옥희는 그때 아버지와 같이 웃으면서도 속으로는, 달러가 좋으면 미제국주의도 좋아해야 하는 거 아닌가요?라는 속생각을 하며 병석에 누운 지 오래인 어머니를 보았다. 안부 편지와 사진이 몇 차례 오간 뒤 첫해에 1천 달러가 두 번에 걸쳐 왔다. 환전요금 등 이런저런 공식 명목과 피치 못할 인사까지 하고 나서 손에 쥔 돈은 반이 조금 넘는 액수였다. 그것도 목돈이 아니었다. 구전도 적게 떼고 목돈을 받는 수단이 없을 리가 없었다.

그동안 옥희는 자신을 회사에 입사시킨 중국인 책임자와 가까운 사이가 되었다. 남자는 옥희를 안으며 첫눈에 입술이 너무 탐스럽게 보였다고 속삭였다. 중국 사내들의 입에 발린 소리라는 생각이 들었지만 기분은 황홀했다. 남편과 사별 후 오랜만에 만나는 남자에다 생활을 윤택하게 해줄 사람이었다. 출장을 나오는 기간이 그대로 동거기간이 되기도 했다. 옥희는 남자의 도움만 받으면 미국에서 오는 돈을 바로 받을 수 있음을 알았다. 미국 백부의 송금은 합법과 비합법이 뒤섞인 과정을 밟아 이루어졌지만 곧 문제가 생겼다. 미국에서 보낸 돈이 5만 달러라는 게 확인되었음에도 1만 달러만 눈에 보일 뿐 나머지 돈의 행방이 묘연했다. 옥희로서는 아버지에게 사정을 털어놓지 않을 수가 없었다.

"중국사람들은 돈만 있음 귀신도 부린단 말이 옛날부터 있었지. 그 사람들이 지난 시절에 이가 없음 잇몸이 시리다는 이치를 갖다 대며 우릴 살렸는디 이젠 돈 앞에서는 이도 잇몸도 가릴 게 없나 부다."

옥희는 아버지 앞에서 민망스러워하며 중국남자가 자기 귀에 속삭이던 입술이 예쁘다는 말을 떠올렸다. 6·25전쟁을 항미원조전쟁이라 부르는 중국에서 당시 참전 명분으로 내세운 게 순망치한이라는 고사였다. 그 말이 지금 북조선여자와 중국남자 사이의 연애에서도 쓰이다니. 옥희는 마음이 쓰렸다.

"그 사람들이 남조선과 국교 맺을 때이던가? 암튼 그동안 잘해오던 물물교역을 화폐교역으로 바꾸어서 우릴 골탕 멕있지. 국가 관계든 개인 간이든 강약이 분명 있으이 그걸 알구 덤비니 어째야."

옥희는 중국 회사 책임자에게 호소하고 따겼다. 그동안의 잠자리는 무엇이란 말인가. 어제까지도 북조선의 국보급 젊은 미녀와 이름이 같다면서 희롱하던 남자였다. 하지만 남자는 마음을 굳혔는지 꿈적도 하지 않았다. 옥희는 돈 앞에서는 남녀는 물론 부모 형제도 없다는 시중의 말과 강약이 분명하다는 아버지 말씀을 새기며 눈물을 뿌렸다. 남자는 그저 작은 이익은 주고 큰 이익은 뺏는 중국 사람일 뿐이었고 자신은 그런 중국 남정네에게 기대야 하는 북조선 여자일 뿐이었다.

  모든 상황이 그녀에게 불리하게 돌아가다 못해 궁지에까지 몰리게 되었다. 중국 체류연장이 거부된 데다 물고기회사에서 귀국명령까지 내린 것이다. 앞도 문제지만 뒤가 더 큰일이었다. 무역사업 과정에 공금 유용 혐의가 그 이유였다. 체류연장 불가는 중국 남자의 관련이 명백하지만, 귀국은 무고든 무어든 옥희의 쓰임새가 다 되었다는 의미였다. 청진의 가족에게 돌아갈 수도 없는 형편이 되었음을 확인해가면서 남한행이 수면으로 떠올랐다. 어떤 면에서 그녀의 남한행은 돈을 제대로 찾으려는 과정에서 일어난 일이기에 중국남자가 옥희에게 강요한 것이라고 말할 수도 있었다. 자유가 아니라 돈이, 남한까지 오게 했다고 누가 지적해도 그녀는 할 말이 없었다. 그나마 신속하고 안전하게 남한행이 이뤄진 것만 해도 다행인데, 중국남자의 도움도 있었으니 돈과 애정은 양날의 검이라는 생각을 그녀에게 잠시 남기기도 했다.

"얼마 뒤."
옥희가 하객들에게 말했다.
"저는 어려운 시간 동안 제 머릿속에만 있던 언니 김 박사님을 서울에서 만났습니다. 그리고 그 종착점이 오늘 이 자리라고 생각하니 저 스스로 생각해도 참으로 놀랍고도 놀랍습니다."
옥희의 눈앞에 다시 몇몇 장면들이 스쳐갔다.
그녀는 김 교수가 소개해준 대학 연구소의 임시직 보조직원으로 잠시 있다가 장사를 했다. 개업한 지 얼마 되지 않는 냉면 전문집에 돈을 넣고 종업원이 된 것인데 탈북민들이 합작해서 만든 음식점이었다. 북에 남은 아들과 연락을 튼 뒤였기에 목돈이 절실했지만 벌이는 그만한 식당의 월급 수준을 벗어나지 않았다. 부어오른 다리로 버티고 서서 설거지를 하면서 눈물도 흘리고 탈북 자체도 후회했다. 돈은 눈앞에서 왔다 갔다 하지만 손에 덥석 잡히지 않는 곳이 남한이었다. 목돈 마련이 난감할수록 혼자 남겨진 아들은 애타게 보고 싶었다. 어렵사리 교수언니에게 말을 꺼냈지만 되돌아온 답은 의외로 냉정했다. 시간을 갖고 제대로 여건을 만든 뒤에 불러야 한다는 것이었다.

서운한 마음이 풀어지지 않은 상태에서 미국행이 이루어졌다. 선미언니도 보고 일도 찾아보자는 교수언니의 제의였다. 시일에 상관없이 자신과 같은 입장의 사람들에게 미국은 갈 수가 없어서 못 가는 나라였다.

선미언니가 아프다는 말은 들었지만 상태가 심각한 줄은 몰랐다. 옥희는 선미를 처음 만났을 때를 기억했다. 환자로서의 예민함을 넘어선 묘한 경계심과 적대심을 읽었던 것이다. 옥희는 편하게 선미언니를 대했다. 사촌 언니의 남편, 그것도 미국인과의 재혼은 꿈에도 없었기에 자신의 태도가 어색할 것도 없었다. 그래서 공항으로 가기 전 선미언니에게 들었던 마지막 말도 글자 그대로 받아들일 수 있었다. 그런 마음을 흔든 건 교수언니였다. 비행기에서 지나가는 소리로 "선미가 옥희 생각을 깊이 하는구나. 그게 본인도 편하겠지." 옥희는 무슨 소리예요, 라고 말하고 언니도 더 이상 말이 없는 상태에서 선미언니의 사망소식까지 들었다.

옥희는 이제 가장 극적인 시간을 만나야 했다. 선미언니의 1주기에 교수언니는 안식년을 받았다고 했다. 1주기도 보고 제대로 일자리도 구해보자며 같이 온 게 4개월 전이었다. 간소하게 1주기 추모식을 치른 며칠 뒤 교수언니와 핸콕의 집으로 갔다.

그날은 다른 가족과 손님은 없었다. 식구 모두가 저녁을 먹고 어른 셋은 미니바에서 술을 천천히 마셨다. 교수언니가 머리가 조금 아프다며 먼저 방으로 돌아가고 포도주 한 잔을 더 한 뒤 일어서려는데 취기가 몰려왔다. 비틀거렸는지 핸콕이 자신을 부축했고 잠시 뒤 목덜미가 더워졌다. 옥희는 다음 날 냉정하게 생각했다. 있을 수 있는 일이 일어난 것뿐이다. 미국은 자신에게 여전히 불편했다. 한인타운에서 이삼 년 바짝 돈은 벌 수 있어도 살 만한 나라는 아니었다. 그런 마음으로 미국살이 준비도 진행되고 있었다. 그동안 자신의 비자는 연장되었고 네일숍에서 일을 배우고도 있었다. 그러므로 핸콕과 일어난 하룻밤 일을 대단하게 새길 마음은 없었다.

나름 세운 장벽도 있었다. 핸콕과는 나이 차이도 나는 데다 아이들은 사춘기였다. 무엇보다 미국은 북한에 있는 아들과 더 먼 거리였다.

하지만 핸콕 집에 며칠 더 머물면서 상황은 다르게 전개되었다. 핸콕은 다감하고 아이들도 살가웠다. 핸콕은 자기는 대부분의 시간을 워싱턴 디시에서 보낸다면서 옥희에게는 이곳 엘에이가 편할 거라고 했고, 아이들은 서툰 한국말로 자주 말을 건네고 자기가 만

들어준 음식을 맛있게 먹었다. 그리고 결정적으로 교수언니가 북한의 아들을 데려오겠다고 약속했다. 옥희는 교수언니의 역할을 선하게 받아들이기로 마음먹었다. 친동기를 잃은 아픔을 메우고 조카들을 끌어안으려는 뜻으로 보지 못할 것도 없었다. 이미 낯이 익은 사람들도 자신의 가족이 되고 친구가 되어줄 것이었다. 무엇보다 네일숍에서 남의 손발톱을 다듬으며 후회할 자신이 무서웠다.

옥희가 마이크 앞에 붙어 서는데 얼굴이 환하게 빛났다.
"이제 제 자리는 정해졌습니다." 처음처럼 영어로 말했다. "남편 존을 이 화사한 단상으로 부르고 그 옆에 서 있으면 됩니다. 어제를 잊어서도 안 되겠지만 내일은 현실이기에 더 소중합니다. 존의 아내로서, 제임스와 지미, 제인의 엄마로서 행복하게 살겠습니다. 북한에 있는 내 아이와 가족의 무사함, 그리고 그들이 원한다면 함께 살기를 간절히 소망합니다. 고맙습니다."
신부를 향해 박수가 쏟아졌다.

4

이제 결혼식은 정점을 향해 달려갔다. 핸콕이 단상으로 오르자 모든 하객이 일어나 환호했다. 그는 단상의 옥희를 가볍게 포옹하면서 키스했다. 스마트폰과 카메라 플래시가 터지고 입맞춤은 조금 더 오래갔다. 북한에서 중국과 남한을 거쳐 온 여자의 고혹적인 입술을 미국남자가 과장된 연출까지 보이면서 탐했다.

핸콕이 마이크 앞에 섰다.

"여기 모인 모든 분들에게 평화를!"

그의 시선이 좌중을 오가고 하객들은 가톨릭 사제투의 첫말에 귀를 세웠다.

"제가 옥희를 제 옆에 두는 한에는, 노스코리아의 미사일이 여러분의 머리 위로 날아가는 일은 절대 없을 것이니 마음 놓고 이 자리를 즐기십시오."

하객들이 내놓고 웃음을 터뜨렸다.

"말은 짧게, 행동은 확실하게. 그게 제 정치철학이라는 걸 여러분들이 잘 알고 있는 이상 제가 여기서 무슨 이야기를 구구절절이 하겠습니까."

그는 김 교수의 권유를 따르기로 했다. 이미 가정사에서 한국식 문화에 젖은 데다 아이들에게도 좋은 선택일 것이었다. 그게 가족 안의 조건이라면 밖으로도 손해 볼 건 없었다. 기왕 한반도와 동북아 전문가로 조명받고 있으니 북의 여자를 새 아내로 맞이한 것을 긍정적 측면으로 활용할 수 있을 것이다. 물론 모든 게 옥희의 여성으로서의 매력에서 출발했음은 그 자신만이 할 수 있는 말이었다.

"사회를 본 내 친구가 서두에서 말했지만 나는 지금도 캠프 그리브스가 주둔했던 파주시 문산읍이라는 지명을 정확하게 기억하고 있습니다."

핸콕은 잠시 군생활을 떠올렸다. 대체로 심심한 시간이었다. 어머니가 기억해준 아버지가 근무했다는 부대 자리는 고약한 암모니아 냄새가 나는 공장지대로 바뀌어, 강보에 쌓여 있던 자신을 헤아려볼 기분을 다 날려버렸다. 거기다 어머니의 유일한 혈육이라는 외삼촌도 돌아가신 뒤라 시간이 더 단조로웠는지도 몰랐다. 부대 정문 앞의 평범한 시골 도로와 도로 너머의 쌀이 생산된다는 들판, 밤이면 가끔씩 들려오던 북한군의 대남방송이 기억났다.

그는 말했다.

"저는 캠프 그리브스에서 제 가족의 추억을 넘어선 제 인생의 어떤 각오와 마주했는데, 부대 식당에 걸린 액자 속의 물건, 독일의 아돌프 히틀러가 사용한 등산용 피크가 그 계기였습니다."

하객들의 눈과 귀가 크게 열렸다.

"그 피크는 2차 세계대전 당시 부대 선배들이 알프스 독수리둥지에서 찾아낸 물건이었는데, 손잡이에 박힌 동판에는 역대 저희 부대 부대장들의 이름이 깨알같이 새겨져 있었습니다. 근무 기간 동안 액자에 무엇이 들었는지를 모르고 떠나는 친구들도 많았지만 저는 자주 그 앞에 섰습니다. 그 피크는 히틀러가 전쟁에 이겼다면 당연히 기념관에 화려하게 걸려 있어야 할 것이지만 전쟁에 졌으니까 승자의 노획품으로 그리고 승리의 증거물로 부대 식당에 걸려 있는 것입니다.

저는 그 액자 앞에서 역사의 후일담에 머물지 않고 제가 살아갈 길을 보고 목표를 생각했습니다. 남한과 북한이 대치한 캠프에서 미국 청년이 얻은 결심이기에 그 나름의 퀄리티가 있다고 저는 자신합니다."

핸콕은 박수 소리를 들으며 오늘은 자신을 제대로 돌이켜 봐야 하는 날이라고 스스로에게 속삭였다. 그는 하객들을 다정하게 살폈다. 가장 가까운 헤드 테이블에서 자기를 쳐다보고 있는 세 자식에게는 크게 미소 지었다.

핸콕이 다시 말했다.

"여러분 저는 지금 여러분께 신혼여행 갈 곳을 미리

소개하고 있는 겁니다."

웃음과 박수가 터졌다.

"사우스코리아에 이어 노스코리아 출신의 아내를 맞이했으니 신혼여행을 칸쿤이나 카리브해로 갈 수는 없는 노릇 아니겠습니까? 더욱이 히틀러의 등산 피크에 미 육군 지휘관들의 이름을 새긴, 막강 미 육군 정예부대가 주둔한 캠프 그리브스가 유스호스텔로 바뀌었다니 그 의미를 제가 새기는 것도 뜻이 있다고 생각한 것입니다. 더구나 내 신부의 나라가 심각한 문제를 일으키고 있는 이 시점에서 JSA까지 포함된 우리 부부의 방한이 문제 해결의 한 열쇠가 되기를 바랍니다."

잠시 뒤 핸콕이 고쳐 말했다.

"미합중국 연방 군사위 소속 하원의원의 화법으로 바꾸어 말씀드리겠습니다. 존경하는 김 교수님께서 미국이 남한의 손을 놓았을 때 한국전쟁이 일어났다고 말씀하셨습니다. 저는 언제나 따스했던 저의 어머니로부터 아버지와의 사랑은 물론 전쟁이 끝난 뒤에도 지울 수 없는 안보 불안 때문에 미국에 오고 싶었다는 말씀을 듣고 자랐습니다. 저는 미국이 다시는 사우스코리아의 손을 놓는 일은 없을 것이라고 말씀드립니다. 그리고 노스코리아의 핵위협 문제 해결을 위해, 미국의 국익을 최우선으로, 최선의 노력을 다할 것을

이 자리에서 약속드립니다."

 하객들의 환호 속에서 핸콕이 손을 흔들었다. 오른손으로 옥희의 허리를 가벼이 안고는 왼손을 이마에 얹어 멀리 바라보는 특유의 제스처에 하객들이 다시 일어나 박수를 쳤다. 음악이 낮게 흘러나왔다. 춤도 추고 술도 마실 것이었다. 존 핸콕이 제 입으로 두 여자를 품었다고 했으니 처갓집 두 곳을 어떻게 대할지도 지켜볼 일이었다.

현수의 하루

중문을 열자 티브이 소리가 크게 울렸다.
"저, 왔습니다."
현수는 거실에 들어서며 인사했다. 부친은 소파에 앉았고 보호사 허 선생은 부엌에 서 있었다. 현수는 소파 앞의 탁자에서 리모컨을 집어 소리부터 낮추고는 허 선생에게 다시 인사했다.
"수고 많으십니다."
"아닙니다. 일찍 오셨네예."
현수는 부친을 돌아보았다.
"아버지, 저 왔습니다. 병원 가시게 옷 갈아입으셔야죠."
"선걸음에 가나. 잠시라도 앉아라."
"예약 시간에 맞춰 가야지요."

현수가 그대로 서 있자 부친이 소파 한쪽에 세워둔 지팡이를 찾아 쥐었다. 부친이 방으로 들어가는 걸 보며 현수가 허 선생에게 말했다.

"아버님은 요즘 어떠십니까?"

"잘 지내십니다. 식사도 잘하시고 기침도 덜 하시고."

"이번 약은 잘 맞는 것 같죠? 그래, 기억력은 어떻습니까?"

"표 나게 나빠지지는 않은 것 같습니다. 어젠 반찬 하나를 빠뜨렸더니 얘기도 하시고 물건도 늘 제자리에 잘 두십니다."

"네에, 다행입니다."

매일같이 문안 전화를 한다 해도 옆에서 지켜보는 허 선생 말이 제일 정확할 것이었다.

그때 외출복을 입은 부친이 거실로 나오고, 현수가 택시를 부르자 곧바로 배차문자가 떴다.

"시간 되면 가십시오. 약이나 뭐 변동이 있으면 전화드리겠습니다."

"네에, 잘 다녀오세요."

허 선생과 인사할 때 포항 사는 동생이 생각났다. 오후에 오겠다 했으니 부친에게도 미리 알려야 할 것이다. 현관에서 현수가 먼저 신발을 신는데 부친이 호흡용 휴대산소 캔을 내밀었다. 방과 거실에 산소호흡기가 한 대씩 있지만 외출용도 사 두고 있었다.

"무겁도 않은데 가져가자."

현수는 말없이 캔을 받아 자기 손가방에 넣었다. 저번에도 그랬다. 한동안 사용한 적이 없어 잊었는데 이번에도 부친이 챙긴 것이다.

택시가 제때 왔다. 문을 여닫고 내리는 데 편하도록 부친을 뒷자리에 앉히고 그는 앞에 탔다. 현수는 호출할 때 밝혔던 대학병원 이름을 기사에게 다시 알렸다. 부친은 폐에 물이 차고 호흡곤란이 있어 몇 년째 병원을 다녔다. 입퇴원을 반복하며 치료 중인데 의사가 바뀌고는 증세가 안정되고 있었다. 두 달에 한 번씩 검사를 하고 약을 타는 것만으로도 현수는 감지덕지였다.

신호에 차가 멈추자 갑자기 찬바람이 들이쳤다. 부친이 창문을 내렸다가 천천히 올리고 있었다. 룸미러로 지켜보던 기사가 눈웃음을 지었다. 현수는 웃을 수도 짜증을 낼 수도 없었다. 실내 환기를 시키는 데 나이가 무슨 상관일까마는 유난스럽게 보이긴 했다. 민망한 그의 심정이라도 읽었는지 기사가 먼저 말했다.

"연세 많으신 분들이 방역수칙을 더 잘 지킵니다."

"그런 것 같죠. 하긴 하루종일 뉴스방송만 보시니까."

좋은 일이지요, 라고 넘어가면 될 걸 그는 핀잔주듯 내뱉고 말았다. 정말 민망해진 그는 창밖으로 시선을 돌렸다. 부친을 대할 때마다 자신을 탓할 일이 잦아 괴로웠다. 그는 거리를 보고 상가 간판들에 몰입했다. 해결책이 없으니 생각하기도 싫었다.

택시는 늘어선 차들 때문에 출입문에서 한참 떨어진 곳에 정차했다. 한쪽 정문만 사용하다 보니 불편한 게 한둘이 아니었다. 그들은 줄지어 선 사람들 뒤에 붙어 서서 바닥에 벌겋게 붙여놓은 신발 그림과 화살표를 따라 걸었다. 아들은 부친의 뒷모습을 살폈다. 지팡이를 쥔 오른쪽 어깨가 좀 처졌지만 등도 많이 굽지 않고 걸음도 바른 편이었다. 이 모든 게 고령임에도 혼자 지내실 수 있다는 판단을 내리게 했다. 그들은 체온 체크 등 방역 절차를 밟은 뒤 로비에 들어섰다. 그는 모친이 돌아가신 뒤 동생들과 부친을 어떻게 모실까 의논하던 기억을 떨쳐내며 말했다.

"아버지, 이 층으로 갑시다. 채혈실로."

"오늘도 사람이 많네."

"네에."

병원이니까, 라는 말이 싱거워 입에 삼키고 에스컬레이터 앞에 섰다. 현수는 부친의 왼쪽 팔목을 힘주어 붙잡고는 "자, 이번에 탑니다."라면서 발을 얹었다. 부친도 제때 같은 칸에 올랐다. 채혈실 앞 대기의자에 사람들이 모여 앉아 있었다. 그는 대기표 뽑는 기기로 가면서 "아버지, 저기 빈자리에 앉아 계세요."라고 말했다. 표를 뽑아 화면에 떠오른 순번을 보니 40번이나 간격이 떴다. 부친 옆에 앉으려는데 부친이 먼저 일어났다. "화장실 갈란다." 그러고 보니 그도 요의가 느껴졌다.

부자는 화장실로 갔다. 하지만 그는 입구에서 멈춰섰다.

"시간이 많이 남았으니 천천히 나오셔도 됩니다."

요즘 들어 요의는 있어도 그때마다 오줌이 제대로 나오지 않았다. 부친과 나란히 소변기 앞에 서는 것도 불편하지만 오줌 나오기를 초조하게 기다리는 건 더 낭패였다.

얼마 뒤 부자는 채혈실 안으로 들어가 잠시 기다리다 207번 번호가 뜬 자리로 갔다.

검사의뢰서와 번호표를 내밀자 간호사가 물었다.

"할아버지, 성함하고 출생연도가 어떻게 되세요?"

현수가 대신 대답했다. 옆자리 젊은 여자가 놀라는 표정을 짓다 고개를 돌렸다. 병원 출입하면서 자주 보는 일이라 현수로서도 그냥 부친의 건강상태가 좋다는 뜻으로 받아들이고 있었다.

"소매 걷고 팔 주세요."

점퍼를 미리 벗었음에도 셔츠 소매를 올리고 팔을 내밀기까지 시간이 걸렸다. 간호사가 팔뚝 위를 고무밴드로 묶는데 흐물흐물한 살이 흔들렸다. 검버섯 딱지가 덮은 팔뚝에서 혈관을 찾은 간호사가 바늘을 찔렀다. "따끔합니다." 이내 검붉은 피가 주사기로 흘러들었다. 현수는 부친의 채혈 모습을 지켜보며 어쩔 수 없이 아내를 떠올렸다. 장기 입원 중인 아내는 약한 피부에 혈관까지 잘 보이지 않아 주사 맞는 걸 힘들어했다. 눈앞에 통통 부어오른 아내의 혈관자리가 떠올라 그는 저도 모르게 한숨을 푹 내쉬었다. "3분간 꼭 누르고 계세요." 반창고를 붙이며 간호사가 말했다.

현수는 부친을 모시고 엑스레이 촬영실로 갔다. 의사는 폐에 물이 차는 게 기침의 원인이라고 했다.

사진을 찍고 아들과 아버지는 순환기내과로 갔다. 현수가 접수대로 가서 부친 이름을 밝히고 나오는데 핸드폰에서 재난문자 알람이 울렸다. 이제 시작이구나. 어제 발생한 환자 수가 구청별로 나왔다. 며칠째 요양병원 발생은 없었다. 이번엔 벨이 울렸다. 서울 사는 아우였다.

"형님, 접니다. 병원이십니까?"

"그래, 검사 마치고 내과로 왔다."

"날씨도 찬데 수고가 많으십니다. 요즘 아버님 목소리가 한결 수월해 보입디다."

"그래, 다행이지."

"그럼요. 저…."

동생이 머뭇댔다.

"현태가 어제 전화했습니다. 오늘 형님하고 의논한다면서…."

동생이 다시 망설여 그가 말했다.

"그래, 오늘 내가 아버님 집에 간다니까 지가 오겠다더라. 아버지께도 알리고 답을 한번 받아보겠다는 거 아니겠나. 기다려보자."

"예, 알겠습니다."

동생이 또 숨을 멈춘 뒤 말했다.

"각서, 그거 아무 소용없답니다."

현수는 여동생 말을 떠올렸다. "오빠, 나중에 셋만 못 나눕니다." 뒷날 부친 집을 정리할 때 막내에게 얼마라도 또 주어야 한다는 소리였다.

"그래 알겠다. 들어가거라."

"참, 형수님은?"

"그만하다."

그가 먼저 전화기를 껐다. 그는 부친 쪽을 한번 살핀 뒤 창가로 가서 전화기를 다시 켰다. 신호가 가고 한참 걸려 간병사 목소리가 들렸다.

"고진희 보호잡니다."

"네, 사모님은 별일 없습니다. 열이 조금 오르내린 정돕니다."

"네, 잘 부탁드립니다."

"걱정 마십시오."

언제나처럼 전화는 그렇게 끝났다. 아내는 교통사고로 입원했다가 요양병원까지 가게 되었다. 면회도 안 되는 데다 아내는 지난해 연말부터 전화기를 사용하지 못했다. 기관 삽관을 한 데다 의식마저 불안정했다.

그는 잠시 마음을 가라앉힌 뒤 부친에게 다가갔다.

"아버지, 화장실 갔다 올게요."

"응, 화장실? 같이 가자."

부친이 자동 반사하듯 몸을 일으켰다.

"전화가 왔더나?"

눈길을 주었는지 부친이 말을 건넸다.

"예, 서울 동생입니다."

아내는 두고 동생 이야기만 하면 되었다.

"집에도 전화 자주 온다."

"그래야지요."

바로 아래 동생은 형제들 중 가장 편하게 살았다.

조카들도 잘 풀려 부친에게 증손자들까지 보여드렸다. 화장실 앞에 서자 현수는 요의가 사라진 느낌이었다.

얼마 뒤 그는 대기실로 왔다가 다시 혼자 화장실로 갔다. 어쩔 수 없이 가족 생각이었다. 그는 4남매의 맏이이고 동생들은 모두 외지에 살았다. 형제가 다 같이 모인 건 3년 전 모친 장례식과 작년 1월 누이동생 딸 결혼식 때였다. 부친이 계시는 동안이라도 그만하게 잘 지내야 할 텐데 각자 형편과 사정이 있다 보니 그게 만만찮았다. 당장 자기 자신부터 편치가 않았다.

대기실로 돌아와 앉는데 부친이 막냇동생 이야기를 했다.

"포항 막내 말이다. 얼마 전에 무슨 소리를 하는데 알아들을 수가 없더라."

"네, 그랬습니까. 동생이 이따가 집에 오기로 했습니다."

"온다고?"

"네, 집에 가서 얘기드릴게요."

한참 있다 부친이 말했다.

"성규는 잘 있나?"

성규는 부친에겐 큰손자다.

"네. 잘 있습니다."

"사귀는 아가씨가 있다 안 했나?"

"네에…."

오래전에 했던 말을 잊지 않고 있었다.

"설 전에 하면 안 될까."

"네? 힘들지요."

한 달 뒤가 설이었다.

"직장 있을 때 결혼 안 하고 무슨 공부고."

사귀는 아가씨를 지금도 만나고 있는지는 모르지만 다니던 회사를 그만두고 나와 공무원시험 공부를 하고 있는 건 맞았다. 부친은 아들에게 이달치 생활비를 보내줄 일만 환기시키고는 입을 닫았다. 현수는 결혼한 딸 얘기를 꺼냈다.

"은지는 잘 삽니다."

"결혼했제?"

부친은 손녀 이름을 스스로 입에 올리지는 않지만 말이 나오면 간단한 기억은 곧잘 했다.

"애기는?"

"아직… 소식이 없습니다."

하나라도 혼인을 했다는 기억을 되살리려고 말을 꺼냈지만 아이 얘기 앞에서 막혔다.

"결혼하몬 애부터 낳아야지, 요새는 와 그렇노."

"그래 말입니다….."

그는 세상이 예전하고 다르다는 말까지 하기는 싫었고 부친도 말이 없었다. 손주들 이야기가 나왔으면 며느리 생각도 날 테지만 부친은 입을 열지 않았다. 현수가 먼저 처 얘기를 꺼내지 않은 지도 오래였다. 요양병원으로 옮겼다는 걸 처음 알렸을 때 부친은 탈기가 되어 말했다. "무슨 이런 일이 있노! 에미가 우짜다가 거기까지 갔노? 내가 가도 모자랄 낀데…. 아이구." 그러곤 안부를 묻는 횟수가 시나브로 줄더니 언제부턴가 입에 올리지 않았다. 현수는 내가 가도 모자란 걸, 이라는 탄식대로 안타까움과 미안한 심사가 작용했으리라 미루어 짐작했다. 거기다 기억장애까지 더해졌을 것이라 믿고 싶었다. 현수가 힘든 것은 이해는 하면서도 때때로 부친에게 서운한 마음을 갖는 자기 자신이었다.

진료실에 들어갈 때까지 아들과 아버지는 말을 섞지 않았다. 부친도 그렇지만 현수 자신도 누구와 이야기를 주고받지 않고도 그냥 오래 지낼 수 있었.

한참 뒤 그들은 진료실로 들어갔다.

의사는 모니터와 현수 부친을 번갈아 보며 말했다.

"할아버지, 어떠세요?"

"기침도 별로 안 하고 괜찮습니다."

"네에. 물 차는 것도 그만하고 신장에 아직 큰 무리는 없는 것 같으니 약을 그대로 쓰겠습니다."

의사가 처방약을 바꾸면서 신장에 영향을 줄 수 있다고 할 때 현수는 기침 잡고 숨만 덜 차면 무조건 좋습니다, 라는 말을 꾹 참았다. 그로선 한밤중에 전화기 너머 숨이 넘어가는 목소리를 듣지 않는 걸로 만사가 다 좋았다.

***

약국까지 들러 집에 오자 1시였다. 식탁에는 밑반찬들이 차려져 있었다. 현수는 된장국과 어묵탕을 데우고 밥도 펐다. 아버지와 아들은 말없이 식사를 했다. 부친은 보통 때보다 한 시간이나 늦었고 아들은 이른 아침을 두유와 빵 한 조각으로 때웠기에 더 맛있게 밥 한 그릇씩을 비웠다.

현수는 반찬통들을 플라스틱 쟁반 두 곳에 담아 냉장고에 넣었다. 저녁에 부친이 그대로 꺼내 잡술 것이었다. 설거지를 마치고 마른 수건에 손을 닦는데 전화가 왔다. 몸을 돌려 식탁에 놓인 핸드폰을 드는 사이 부친이 장에서 과자봉지를 꺼내 소파로 가고 있었다.

"형님, 접니다."

막내 동생이었다.

"병원 다녀오셨습니까?"

"그래, 집이다."

"수고하셨습니다. 전 지금 부산에 막 들어왔습니다."

"그래. 조심해서 오너라."

그는 전화기를 내려놓으며 부친에게 말했다.

"아버지. 포항 동생이 지금 오고 있답니다."

부친은 과자봉지를 만지작거리며 고개를 잠시 들었지만 말은 없었다. 어느새 TV도 켜져 있었다. 현수는 동생이 도착하기 전에 부친에게 미리 귀띔을 해야 할지 말지를 생각하며 커피를 준비했다.

"아버지. 커피 한잔 하실랍니까?"

"아니다."

"아, 네."

부친은 커피부터 끊더니 요즘에는 밀가루음식이 몸에 좋지 않다고 빵도 입에 대지 않았다. 난감한 것은 택시 창문을 열었을 때처럼 건강을 고려한 선택을 두고 부친 연세를 상기하게 되기 때문이었다. 부친은 다른 주전부리는 몰라도 과자만은 유난히 즐겼는데 언제부터 과자를 큼직한 플라스틱 통에 모두 모아 놓고 드셨다. 과자가 섞이는 건 그렇다 쳐도 밑에 놓인 것이 그대로 남아 눅눅한데도 고집을 피웠다. 거기다 봉지를 손으로 뜯는 게 힘들다고 가위를 사용하는 것도 신경 쓰였다. 지금도 과자봉지 상단을 가위로 자르고 있었다. 포트에서 물이 막 끓어올랐다. 현수는 포트 주둥이로 솟아오르는 김에 쫓기듯 믹스커피봉지를 뜯어 잔에 부으며 부친에게서 시선을 떼지 못했다. 부친이 열린 과자봉지를 거꾸로 들어 내용물을 통에 부었다. 탁자와 마루로 가루가 막 날렸다.

"아버지!"

현수는 포트를 들다 말고 소리쳤다. 티브이 볼륨이 높아서인지 부친은 아들을 보지 않았다. 뜨거운 물을 쏟고 있는 것도 아니고 과자가루가 떨어질 뿐인데 현수는 마음이 급해지고 화가 났다. 그는 탁자에서 리모컨을 쥐고 티브이 소리를 낮추었다.

"아버지!"

그는 걸레를 찾으면서 고함을 치고, 그때서야 부친이 고개를 들었다.

"와아?"

"닦아야지요. 그냥 잡수면 되지!"

"주라. 내가 닦으께."

아들은 허리를 숙이고 걸레를 내밀다 주춤 멈추었다.

"아닙니다. 그냥 계세요."

아들은 이러면 안 된다고 자책하며 주저앉고 부친은 봉지와 과자통을 양손에 들고 엉거주춤 일어났다. 그는 부친 바지에 묻은 과자부스러기를 털고 탁자와 바닥을 닦았다. 자신의 양말에도 가루가 몇 점 앉아 있었다.

그는 빈 봉지까지 들고 주방으로 갔다. 전에도 있었던 일이다. 개수대에서 걸레를 빨며 그는 후회했다. 부친의 심기를 언짢게 해서는 안 된다는 다짐을 하면서도 한 번씩 불같이 화가 치밀었다. 그때마다 마음에 가장 걸리는 건 아내였다. 입원한 처 때문에 스트레스를 받기도 하지만 문제는 아내와 부친을 견줄 때가 있다는 거였다. 그는 구순의 부친은 건재한데 마누라는 왜 요양병원이냐는, 못난 심사가 없다고 말할 자신이 없어 가슴이라도 쿵쿵 치고 싶었다.

얼마 뒤, 부친이 방에 들어가는 걸 보고 그는 베란다로 나갔다. 모친이 돌아가시고 집에는 꽃이 핀 식물이 없어졌다. 드는 볕에 물만 제때 준다고 되는 게 아니니 모친의 빈자리는 넘치고도 넘쳤다. 그는 햇살 퍼진 밖을 보았다. 주차장과 그 너머 테니스장의 움직이는 사람들, 더 멀리 공사 중인 건물, 그리고 다시 눈 아래 바람에 흔들리는 키 큰 나무들. 부모님이 30년 넘게 사는 아파트는 재건축이 본격화되면서 값이 크게 오르고 있었다.

***

 동생이 왔다. 그때까지 부친은 방에 누워 있었다. 동생이 방으로 들어가 부친의 손을 잡고 거실로 나왔다. 부친이 소파에 앉자 동생은 큰절을 올렸다.
 "바쁠 긴데 우찌 왔노? 여 와서 앉아라."
 "네, 추석 때 못 뵈었으니 인사드리고 의논도 드릴 겸 왔습니다."
 동생이 부친 옆에 앉으며 대답했다. 현수는 식탁 의자 하나를 탁자 앞에 놓고 거기에 앉았다.
 "형님도 소파에 앉으시지요."
 "아니다. 여기가 괜찮다. 그래, 점심은 먹었나?"
 "네."
 "그럼 커피나 한잔 해라."
 현수가 엉덩이를 드는데 동생이 먼저 일어났다.
 "아닙니다. 찬물 마실랍니다."
 동생이 냉장고 문을 열었다 닫더니 식탁 위의 생수를 잔에 부어 마셨다.
 "제가 속이 탑니다."
 현수는 대꾸하지 않았다. 동생에게 눈길을 두고 있

는 사이에 부친이 과자통을 열어두고 있었다.
"급히 온다고 빈손으로 왔습니다."
동생이 콘칩 하나를 집었다.
"아까, 네 작은형이 전화해서는 각서 얘길 하더라."
현수는 자신이 먼저 이야기를 시작하는 게 낫다 싶어 입을 열었다.
"예, 큰형님께 드릴 건 가져왔습니다."
동생이 안주머니에서 봉투를 꺼냈다.
"지금 아버지 앞에서 그거까지 보여야겠나?"
부친이 아들 둘을 번갈아 보았다.
"어쨌든 다 아셔야 합니다. 그래야 일이 될 거 아닙니까."
동생이 봉투를 탁자 위 과자통 옆에 놓으며 완강하게 말했다.
결혼하고 동생은 포항에서 살았다. 직장도 처가도 그곳이었는데 중도에 퇴사를 하고 장사를 했다. 그만하게 사는가 싶더니 작년 가을부터 형제들에게 돈 이야기를 꺼냈는데 부친 집을 팔았을 때의 자기 몫을 당겨 달라는 게 요지였다. 그러니 각서는 자신의 뜻을 명백히 하는 물증이었다.
"뭐꼬?"
뭔가 심상찮은 기미를 알아차린 부친이 물었다. 형

제가 서로를 바라보다 동생이 나섰다. 동생이 더듬대며 몇 마디 하지도 않았는데 부친이 허, 허, 거리며 신음했다. 현수는 재빨리 소파 옆에 놓인 산소 호흡기를 작동시키고 줄을 부친에게 건넸다.

"나는 어데 가노?"

부친이 코 줄을 손에 쥔 채 분명하게 물었다.

"여기 그대로 사십니다."

동생이 부친 손을 잡고 재빨리 답했다. 부친이 이번엔 큰아들을 보았다.

"현태가 은행에 이 집을 저당해서 대출을 받자고 합니다. 그 의논 하러 온 겁니다."

"너거들 다?"

형제의 눈이 다시 마주쳤다. 현수가 말했다.

"아닙니다. 막내가 돈이 급하다고 자기 몫을 먼저 받게 해달라는 애긴데, 지금 저희들이 의논 중입니다."

"큰형님! 이자는 대출금에서 2년치를 제하겠습니다. 제발 일이 되게 해주십시오."

동생이 그에게 고개를 깊이, 한참 동안 숙였다. 그 모습이 하도 강렬해서 현수는 놀랐다. 벌떡 일어나 자기 손이라도 붙잡고 울 수도 있고 그대로 주저앉아 부친께 했듯 절을 할 것같이도 보였다.

"현태야, 아버님 앞이다."

그렇게 말하며 그는 동생을 살폈다.

"예. 압니다."

동생이 고개를 드는데 눈에 핏발이 서 있었다.

"어제 서울 형하고 대전 누나한테 전화하고 각서를 우편으로 보냈습니다."

"그래. 또 이야기해 보자. 아버지!"

그가 크게 불렀지만 부친은 시선을 반쯤 천장에 두고 있었다.

"아버님이 동생 일로 이 집을 떠나는 일은 절대 없습니다."

그렇게 말해놓고 그는 다음 말을 찾았다. 아버지 뜻이 어떠냐는 말이 입에서 맴돌았지만 부친을 난처하게 할 수 있고 발언의 유효성까지 문제가 될 수 있다 싶어 입이 떨어지지 않았다.

"저희들 의논이 모이면 그때 또 말씀드리겠습니다."

그의 말에 부친은 자세도 바꾸지 않고 입도 열지 않았다. 동생이 말했다.

"아버지! 제가 사정이 딱합니다. 이런 말씀 안 드리라 했지만, 고소까지 당해 있습니다."

"아이구, 이놈아!"

부친이 탄식하며 동생을 때릴 듯 손을 들었다 내렸다. 이번에는 동생이 부친의 그 손을 붙들었다.

"막내, 살려주신다 여기시고 대출받게 해주십시오!"

부친은 침묵에 빠지고 현수는 동생의 감정이 가라앉기를 기다리다 말했다.

"현태야, 아버님 생각을 하자. 그리고 오늘은 이만 가거라. 네 작은형이랑 누나랑 의논을 한번 해볼게."

동생이 부친의 시선을 찾았다. 부친은 입을 다물고 자식들을 외면했다.

얼마 뒤 동생이 일어났다. 동생이 부친께 고개 숙여 인사하고 그에게도 인사했다. 중문을 여는 동생을 뒤따르던 그의 시선이 아우의 바짓단 아래 양말에 갔다. 오른쪽 뒤꿈치에 구멍이 나 있었다. 그는 조심해서 올라가라고, 현관문에서 동생을 보냈다. 문이 닫히자 기다린 듯이 '사등분'을 강조하던 동생 말이 떠올랐다. 모친상을 치른 뒤 형제들이 부친 거취를 의논했다. 지금처럼 이 집에서 그대로 사는 것과 맏이이면서 부산에 사는 그와의 합가가 선택지였다. 그가 결혼했을 당시 집에는 동생 둘이 학교를 다니고 있었다. 자연스레 따로 나와 살았는데 그게 지금까지 이어지고 있었다. 표현은 조금씩 달라도 동생들 모두 합가에는 반대였다. 부친이 지금보다 훨씬 더 건강했고 나이 많은 사람에게 환경변화가 좋지 않다는 것도 상식이지만 동생들의 반대에는 재산문제가 깔려 있었다. 입에 올리지 않는다고 없는 문제도 아니고 모르는 바도 아니었다.
 부친의 생활비와 간병비용까지 얘기한 뒤 막내가 웃으면서 "그럼, 아버님 이 집은 딱 사등분입니다."라고 했다. 모친은 수하시다가 크게 고생하지 않고 돌아가셨다. 아버지를 먼저 보내고 가셨으면 하는 아쉬움은 있었지만 호상이었다. 장례도 잘 치르고 부친을 모시는 방법까지 정리되었으니 좋게 받아들일 수도 있는 발언이었다. 누이동생이 "내가 하고 싶은 말을 동생 니가 먼저 했다."고 거들어 함께 웃기도 했다. 헤어진 뒤, 현수도 마음 한쪽이 찜찜했는데 그의 처가 기어코 한마디 했다. "합가하면 이등분이다, 당신 동생 셋이서 계산을 그리한 거지."

 현수는 한동안 문 앞에 서 있다가 몸을 돌렸다. 동생을 주차장까지 배웅하지 않은 건 똑같은 하소연을 듣기도 힘들었지만 구멍 난 양말을 보았기 때문일지도 몰랐다. 정말 왜 그때 시선이 그리로 갔는지, 그는 우울했다. 그런 답답한 심사로 저녁까지 같이 먹으며 부친 집에 머물 순 없었다.
 그는 동생이 놓고 간 봉투를 손가방에 넣고 4시쯤 일어났다. 새벽같이 일어나 엄청 힘든 일을 하고 귀가

하는 기분이었다. 그는 한 시간이나 걸리는 지하철에서 바둑유튜브에 열중했다. 고지대로 오르는 버스에서는 도시에서 규모가 가장 크다는 공영주차장을 보았다. 관광버스 수백 대가 일 년째 발이 묶여 있었다. 처음에는 울긋불긋 화려한 색깔이 보는 사람들의 마음을 더 아프게 했지만 언제부턴가 입에 올리지 않았다. 자신들의 일상도 멈추어 섰기 때문일 것이다.

그는 곧 주차장을 외면했다. 마침 돔 체육관 지붕처럼 넓게 펼쳐진 버스 지붕들이 햇빛에 번쩍이며 눈을 찔렀다. 그보다는, 그는 알고 있었다. 아우의 다급함을 있는 그대로 받아들이지 못하는 부끄러움 때문이라는 것을. 위기에 편승해서 자신을 지키고 있다는 지랄 같은 마음까지 달려들어 그는 외쳤다. 오, 하느님.

***

"사장님. 제때 오셨습니다!"

기원에 들어서자 원장이 손을 들며 반겼다. 현수는 입구 책상 위에 펼쳐진 출입자명부에 전화번호와 시간을 적고 안으로 들어갔다. 안쪽 방에서 두런거리는 소리가 나는 걸 보니 홀라패들도 모인 모양이었다.

"여기서 두시죠."

법사와 대국 중이던 원장이 다시 그를 불렀다. 원장은 자기 자리를 넘기고 어서 카드게임을 하고 싶은 것이다. 관전하던 두 사람이 고개를 들었다.

"이 판은 나누어 먹고, 사장님이랑 새로 시작하시죠."

법사가 고개를 끄덕이자 원장이 이제 막 시작했던 판을 거두며 현수를 기준으로 치수를 알려주고 일어났다.

"새 손님 모시고 분위기 한번 바꾸어보자."

원장 자리에 현수가 앉자 강 사장이 먼저 5천 원을 냈다. 현수는 지갑을 꺼냈을 때 아들에게 송금을 하지 않았다는 걸 알았다. 법사가 판돈을 자기 앞의 바둑통 밑에 묻고 대우사장이 바둑판 옆에 놓인 화투 넉 장을 엎었다. 목단 피를 잡은 현수는 목단 열을 잡은 법사와 대국을 하게 됐다. 첫판에서 이기면 결승에 올라 2만 원을 쥘 수도 있고, 좀 전의 원장과 법사가 했던 대로 만 원씩 나눌 수도 있다. 하지만 대부분은 승자독식이었다. 거기다 패자 둘이 따로 내기를 할 수도 있으니 바둑 두 판에 1만 원을 잃을 수도 있었다.

현수는 마음을 가다듬으며 흑 두 점을 대각선 화점 자리에 깔았다. 법사가 자기 쪽 화점에 첫수를 두면서 대국이 시작되었다. 말이 많아서 법사라고 불리는 그는 머리숱이 적고 너른 이마며 얼굴이 기름 친 듯 미끈해서 가물치를 연상시켰다. 초반부터 현수의 10여 점이 미생으로 몰려 그걸 살리려다 돌들이 더 무거워졌다. "사장님, 아픈 다리는 절면 절수록 좋다, 그 소리 나올 타이밍입니다!" 법사가 한소리 했다. 현수도 수를 궁리하면서 대꾸했다. "법사님, 묵언합시다."

"사장님, 잘 두이소. 초반에 작살나는 수가 있습니다."

법사는 선을 넘을 듯 말 듯 상대방을 자극한다. 현수도 대거리를 한다.

"작살 잘못 쏘면 지가 작살나지."

현수는 어쨌거나 사장 소리를 듣는 지금이 좋았다. 기원에서 양현수는 전직 교사도, 손주도 아직 보지 못한 덜떨어진 늙은이도 아니었다. 거기다 아픈 아내도 잊고 부친과 그 부친의 재산을 두고 다투는 형제를 잊을 수 있어 좋았다. 잠시 뒤 재난문자 알람이 실내를 울렸다. 아무도 핸드폰을 꺼내지는 않았지만 법사를 시작으로 마스크 뒤에 입을 숨기고 있던 옆자리 두 사람도 한마디씩 했다.

"확진자는 멀리 우승상금은 가까이!"

"이번엔 어느 식당, 어느 여탕, 어느 교회고?"

"요양병원이 빠졌네. 재난 정치를 한다니까. 겁도

주고 지원금도 찔끔 주고. 백신은 또⋯."

현수는 흠칫했지만 고개도 들지 않고 입도 열지 않았다. 바둑에만 열중해서 단 한 판이라도 이기는 데 목숨이라도 걸고 싶었다. 하지만 그는 석 점도 놓지 못하고 화장실로 달려갔다. 누구에겐 조롱거리인 확진자 발표가 누군가에겐 가슴이 타는 일이었다. 핸드폰을 열 때마다 현수의 손끝에는 아내가 입원해 있는 병원이 뜨지 않았으면 하는 간절함이 묻어났다. 그는 다섯 판을 두어 결승에 한 번 올랐지만 우승상금을 쥐어보지는 못했다. 요양병원을 들먹인 강 사장에게는 다 이긴 바둑을 실수로 지기도 했다.

***

그는 집까지 택시를 탔다. 걸어도 10여 분이지만 피곤했다. 거기다 교통사고를 낸 집 앞의 삼거리에서 허기지고 기운 빠진 개처럼 멈춰 서 있기도 싫었다. 재작년 겨울에 비보호 좌회전을 하다 직진하는 차와 충돌했다. 순전히 그의 부주의였다. 그는 찰과상에 그쳤지만 아내는 목과 대퇴부를 크게 다쳤다. 그리고 입원 석 달째에는 뜻밖에도 백혈병까지 발견되었다.

우편함에 서류봉투가 들어 있었는데 통신교리를 신

청한 데 대한 답장이었다. 아까 기원에서 또 어느 교회에 집단감염이 발생했냐는 힐난조의 말에 놀란 것도 얼마 전에 종교를 갖기로 마음먹었기 때문이었다. 요양병원으로 옮긴 날, 아내가 그에게 자기가 퇴원하면 같이 교회에 나가자고 말했다. 고등학교 때 세례를 받은 아내는 짝교우로 지내다 근래에는 냉담 중이었다. 간절해도 그만큼 간절한 당부가 없기에 그는 아내의 여윈 손을 꼭 잡으며 고개를 끄덕였다. 하지만 아내가 이끌 때도 걸음을 못 했으니 혼자 문을 두드리기가 쉽지 않아 차일피일이었다. 늦게나마 이렇게 비대면 통신교리 수강을 알아본 것은 면회를 못 하는 안타까움을 주체할 수 없었기 때문일 것이다. 그리고, 오늘처럼 반복되는 부친에 대한 불효부터 모두 죄짓는 일뿐이었다.

    그는 씻고 늦은 식사를 간단히 했다. 혼자가 된 뒤 집에서의 생활반경은 거실로 좁혀졌다. 그는 거실 책상 앞에 앉았다. 우편물 속에는 안내문과 교재, 그리고 첫 번째 문제지까지 동봉되어 있었다. 안내문을 찬찬히 읽은 다음 작성할 서류는 미루고 문제지부터 펼쳤다. 문제유형은 다양했지만 모두 진도에 따라 교재를 읽어야 답을 할 수 있었다. 하지만 그는 덤벙대는 아이처럼 첫 문제부터 보았다. 다음 문제를 읽고 괄호 안에

옳으면 ○표, 틀리면 ✕표를 하시오. 1. 과학은 인간의 본질과 죽음에 대한 물음을 해결해 줄 수 있다. 교재를 펼칠 필요도 없이 엑스였다. 볼펜을 드는데 전화가 울렸다. 반갑게도 딸아이였다.

"은지구나!"

"응, 잘 지내세요? 거기도 날씨가 춥지?"

경기도 화성에 사는 딸은 그의 건강을 염려한 뒤 제 엄마 안부를 물었다. 호전될 기미가 보이지 않는다는 걸 잘 알면서도 딸 앞이라 갑자기 기운이 빠졌다. 그는 애써 목소리에 힘을 주었다.

"그냥 그렇다. 더 나빠지지는 않으니 다행으로 여기자."

"얼굴도 못 보고 어째…."

딸의 목소리가 젖어들었다.

"뭘? 누구나 겪는데. 은지야, 너무 속상해하지 마라. 좋은 날이 오겠지."

잠시 딸이 호흡을 멈추었다.

"엄마한테 얘기하고 싶었는데…."

딸이 느리게 말을 뺐다.

"나, 아이 가졌어요."

"응? 와아!"

현수는 벌떡 일어났다.

"엄마 병원 옮기고 많이 생각하다, 갖기로 의논했어."

"그래야지. 정말 잘했다."

"엄마를 무어로 위로하겠어."

"그래 맞다. 엄마 땜에…."

그는 방금 읽었던 문제에 눈길이 가면서도 신앙을 가지려 한다는 말은 못했다.

"축하한다! 당장 엄마한테 알려야지."

눈물이 번져나는 눈을 들어 그는 아내를 찾았다. 오디오가 놓인 장식장 맨 위 칸에 아내와 둘이 찍은 사진이 있었다. 전화를 끊고 의자를 뒤로 미는데 교리책과 문제지가 다시 눈에 들어왔다. 왜, 나도 네 엄마와 약속한 대로 교회에 나가기로 했다면서 딸과 기쁨을 나누지 못했을까. 자식에게 하는 고백이 쑥스럽고, 끝맺을 수 있을지 자신이 없었을 것이다. 거기다 기도가 간절한 이 시절에 종교가 외면받는 아이러니로부터 자유롭지 못하기 때문일지도 몰랐다. 그는 아내에게 다가갔다. 언젠가 봄나들이 가서 상반신을 크게 하고 찍은 사진이라 얼굴이 선명했다.

"여보."

그는 환하게 웃는 아내에게 말했다.

"여보, 은지가 아이를 가졌대, 우리 손주."

가슴에 액자를 품었다 놓으며 시계를 보니 10시가 수월하게 지나 있었다. 그는 핸드폰을 들었다가 다시 내려놓았다. 당장 병동간호사에게 소식을 전해달라 하고 싶으면서도 다른 방법을 찾고도 싶었다. 가장 원하는 바는 아내를 보면서 직접 전하는 것이다. 그게 불가능한 만큼이나 간호사나 간병인을 통한 전달이 참을 수 없이 싫었다.

그는 주방 찬장에서 소주병을 찾아 물컵에 가득 부어 한 잔 마셨다. 기쁨 속에서 눈물이 쏟아졌다. 제 엄마를 무엇으로 위로하겠냐던 딸의 말이 회오리처럼 일면서 눈물을 주체할 수가 없었다.

한밤중에 그는 눈을 떴다. 아내를 만났던지 눈가가 젖어 있었다. 전화벨이 울리고 있었다. 그는 무겁게 몸을 일으켜 전등을 켰다. 핸드폰 소리는 방 밖에서 울렸다. 벽에 걸린 시계가 4시인 걸 확인하면서 핸드폰을 거실 상 위에 두었다는 걸 알았다. 부친일 것이었다. 한 번도 이 시각에 아내가 있는 병원에서 전화가 온 적은 없었다. 거실로 나가며 그래도? 알 수 없지, 라는 생각도 나서 오싹 몸이 떨렸다. 알 수 없는 일이었다. 전화기는 계속 울리고 그의 걸음은 더뎠다.

해설

사유하는 삶과 소설의 방법
―조갑상론

구모룡(문학평론가)

1.

『도항』은 조갑상의 다섯 번째 소설집이다. 그동안 그는 단편집 네 권―『다시 시작하는 끝』(1990),『길에서 형님을 잃다』(1998),『테하차피의 달』(2009),『병산읍지 편찬약사』(2017)―과 장편 세 권―『누구나 평행선 너머의 사랑을 꿈꾼다』(2003),『밤의 눈』(2012),『보이지 않는 숲』(2022)을 내었다. 1980년 등단한 이후 상당 기간 단편에 주력하였음을 알 수 있다. 소설집『도항』의 표제작인「도항」은 우키시마호 폭침 사건을 소설화하였다. 가족서사에 기반하거나 일상과 경험적 기억을 서술한 경향을 벗어나 역사적 사건을 다루었다는 점에서 예외적이다. 물론 이미 앞서 종군 위안부 문제를 다룬「살아 있는 사람들」(『다시 시작하는 끝』)이나 한말의 개혁가 '어윤중'이 피살되기 직전의 사정을 서술한「어윤중」(『다시 시작하는 끝』), 1931년 부산에서 발생한 '마리아 참살 사건'을 소설화한「누군들 잊히지 못하는 곳이 없으랴」(『테하차피의 달』)가 있다. 이 가운데 순전히 당시의 시점으로 포착한 소설은「어윤중」인데 억울하게 역사의 숙명을 피할 수 없었던 인물에 대한 작가의 중도적 시선을 느끼게 한다.「누군들 잊히지 못하는 곳이 없으랴」는 사건이 일어난 공간과 주변의 장소인 '남선창고'가 사라지는 데 대한 오늘날의 아쉬움과 아직 남아 있는 건축물 등이 보존되기를 바라는 간절함이 배어 있다. 역사적 트라우마와 상처를 감추고 살아가는 사람의 입장을 생각하는「살아 있는 사람들」도 현재의 시점이다. 대화 과정에서 부차적 인물이 "우리 아버지 징용 갔던 북해도"(「섣달그믐날」, 『테하차피의 달』)라는 형태로 '징용'이 등장하지만 고스란히 과거로 돌아가 징용과 일본의 패전 이후의 귀환 과정에서 일어나는 우키시마호 침몰 사건을 재현하려는 의도를 지닌 작품이「도항」이다. 아마 사이토 사쿠지가 편저한 증언 자료집(『우키시마호의 수수께끼』로 1995년 〈동양일보〉 출판국에서 발간하고 이어 1996년 가람기획에서 『우키시마호 폭침사건진상』으로 다시 간행함)을 참조했을 터인데 장편으로 가는 예고편처럼 보인다. 동생을 찾아가서 귀환하는 형의 가족 플롯에 한정한 연유는 아직 더 많은 고증이 필요하고 중첩한 역사적 시공간이나 사건의 거대함을 담아낼 큰 그릇이 필요한 데 있다라고 생각한다. 쓰가루해협과 시모키타반도, 우키시마호의 출항지 오미나토에서 비롯하여 정박한 뒤에 폭침한 마이즈루에 이르는 연안이 시야에 들어와야 하고 오미나토와 마이즈루에서 진행해 온 일본 측 추도 활동들과 영화〈아시안 블루-우키시마호〉와 연극〈바다를 바라보는 군상 이야기〉와 같은 작업과 이를 매개한 교류와 진상 규명을 둘러싼 한일의 교섭 등을 포함할 수 있다. 시나다 시게루가 쓴 『1945, 마지막 항해』(어문학사, 2023)도 「도항」 이후에 작가가 참조할 수 있는 대상이다.

2.

소설집 『도항』에서 가장 주목되는 작품은 「그해 봄을 돌이키는 방법에 대해」이다. 우선 제목이 읽는 이의 주의를 환기하는데 무엇보다 '방법'이라는 말에 이끌린다. 이는 기법과 의식의 차원을 모두 포함한다. 그동안 조갑상은 소설의 제목을 등장 인물이나 주요 사건 나아가서 주제와 연관시켜 왔다. 하지만 이처럼 표나게 '방법'이라는 말을 내세운 경우는 없다. 일반적으로 소설가는 소설의 방법을 통하여 삶을 사유하는 과정을 보여준다. 조갑상도 인물과 사건을 통하여 삶을 말하는 방법에서 벌써 의식적인 창작을 전개해 왔다. 그렇다면 「그해 봄을 돌이키는 방법에 대해」에서 '방법'은 한 단계 위를 염두에 둔 메타 담론에 가깝지 않을까? 1인칭 주인공인 '나(백영오)'는 대학 동기의 권유로 학창시절과 겹치는 정치적 상황을 다룬 영화 〈킹메이커〉를 보면서 1971년의 봄을 돌이킨다. 영화를 보는 시점은 2022년 팬데믹이 가시지 않는 상황이다. 김대중과 엄창록에 얽힌 실화를 바탕으로 영화 속에서 이들은 '김운범'과 '서창대'라는 이름으로 등장한다. 자연스럽게 주인공은 기억의 미로를 따라 영화 속의 시간에 해당하는 대학생 시절을 회상한다. 얼핏 보아도 이 소설에는 1) 현재 영화를 보는 '나'의 위치 2) 영화 속의 이야기 3) 대학생 시절의 '나'의 이야기라는 세 겹의 격자가 있다. 이 가운데 주요한 스토리 라인은 3)이다. 3)에서 연상의 여인을 사랑하는 '나'의 회상이 매우 각별하다.

> 중학교 시절 1년 휴학한 것부터 너무 마음 아팠다. 세상에서 버려진 듯 외로웠던 그 시간 동안 정신적으로는 부쩍 컸을 테고 그래서 그녀와 사귀고 있는 것이겠지만 지

금은 그냥 아까운 시간이었다. 나보다 나이가 많은 그녀에게 가까이 가는 방도를 나는 찾아야 했다. 왕도가 있다면 악마와 어떤 계약도 마다하지 않을 심정이었다. 가장 먼저 떠오른 생각은 군 면제였다. 신체검사에서 불합격을 받도록 힘써달라고 아버지 앞에 꿇어앉아 빌어도 일이 안 된다면, 사법고시만큼 어렵다는 그 시험에 합격하는 수밖에 없었다.

"중학교 시절"까지 거슬러 올라간 주인공의 발화가 돌연한데 어쩌면 「방화」(『다시 시작하는 끝』)와 「더 큰 비밀」(『길에서 형님을 잃다』)이 참조될 수 있겠다. 여기에다 "어지러웠던 내 고교시절"(「보스니아에 대한 꿈」, 『길에서 형님을 잃다』)을 더하고 여러 번 나타나는 어긋난 사랑이라는 모티프의 변주를 생각하게 된다. 「거세된 사랑」(『길에서 형님을 잃다』)은 고교 시절 연모한 연상의 유부녀를 사랑한 일이 죄의 문제로 남아 있는 이야기인데 이는 장편 『누구나 평행선 너머의 사랑을 꿈꾼다』로 확장된다. 고3에서 대학으로 이어지는 또 다른 형태의 못다 한 사랑은 「지나간 시간은 없다」(『길에서 형님을 잃다』)에서 나타난다. 한결같이 좌절과 실패로 점철하며 죄의식과 회한을 남기고 있다. 물론 인용문이 전하듯이 세상의 이치를 깨우치는 성장의 밑거름이 되었을 터인데 「그해 봄을 돌이키는 방법에 대해」에 이르기까지 반복하고 있는 현상에서 실존적 차원에서 심각하게 내재한 심리적 증상으로 볼 수도 있겠다. 더군다나 이 소설에서 영화 속에서 '김운범'과 '서창대'의 관계에서 나타나는 "모호한 지점들"을 보면서 주인공도 '김운범'을 배신한 '서창대'의 후회의 자리에 감정이입하면서 연상의 여성을 떠난 자기를 배치하는 데 이른다. 그러니까 작가가 말하는 '방법'은 작중 인물을 통하여 기억을 여러 형태로 치환하는 과정을 의미하며 일종의 정신분석에 가깝다고 하여도 과언이 아니다. 이는 가족서사, 성장서사, 군대 경험와 사랑의 기억 등에 두루 해당한다. 이 가운데 사랑의 문제는 장편으로 이끌어가는가 하면 다른 한편으로 「그해 봄을 돌이키는 방법에 대해」에서 방법적인 승화로 귀결한다. 죄의식, 회한, 후회, 사랑한 대상의 이름을 망각하는 일과 같은 경로가 「거세된 사랑」에서 「그해 봄을 돌이키는 방법에 대해」까지 펼쳐진 형국이다.

  소설을 자전적 경험과 구체적인 매개 없이 연결하여 읽을 수는 없으나 작가는 기억을 변주하는 소설의 방법을 통하여 삶을 사유하고 성찰한다. 「그해 봄을 돌이키는 방법에 대해」는 "처한 위치에 따라 세상 일이 다르게 보이는 법"이라는 말을 기입하고 있어 시점이나 서술의 방식을 이해하는 통로를 제공한다. 또한 청소년기의 방황과 배회가 작가의 길을 예비하는 과정이 되지 않았나 생각하게 한다. 이 소설에서 부산의 원도심 일대의 장소나 음악 이야기는 차치하고 대화 가운데 슬며시 등장한 안톤 체호프의 단편 이야기도 작가의 소설을 대하는 실마리가 될 수 있다. 조갑상의 소설은 헨리 제임스의 내밀한 묘사에 가깝기도 하지만 극적인 사건이나 행운의 반전과 같은 변화를 추구하거나 문제를 해결하는 의지적 인물의 이야기를 하기보다 보통 사람들의 일상과 생활세계에 착목하면서 문제를 제기하는 데 그치는 경향이 있다. 이는 안톤 체호프의 영향을 짐작하게 한다. 조갑상은 등단작 「혼자웃기」를 통하여 하나의 사건으로 삶의 단면을 보여주되 적절한 세부사항을 배치하는 한편 일인칭 주인공의 서술에 필요한 미적 거리를 유지하면서 절제된 결말을 제시하고 있다. 이같이 사소하거나 크고 작은 일상과 그 일상의 평온을 흔드는 사건을 조밀하게 관찰하면서 인물들의 행위와 마음의 움직임을 완급에 따라 세심하게 묘사하는 방법은 조갑상의 소설에서 오래도록 지속성을 유지한다. 소설가에게 삶과 소설의 방법은 소설 속의 등장인물을 매개하면서 상호연관하여 진화한다. 그러므로 조갑상 소설의 전체를 조망하며 차이와 반복의 과정을 따라 읽는 일이 요긴하다. 작가가 무엇을 말하고 있는가라는 문제의식보다 왜 이 이야기를 선택하였고 어떻게 말하고 있는가를 생각할 필요가 있겠다. 이러한 점에서「그해 봄을 돌이키는 방법에 대해」에서 '방법'의 의미가 중요하게 대두한다.

 1971년 대선을 경유하며 유신체제로 진입하는 도중의 관리사회에서「그해 봄을 돌이키는 방법에 대해」의 주인공은 교련 교육 반대 운동에 동참하거나 지배권력에 저항하는 방식을 선택하지 않는다.「하창기 씨의 주말 오후」(『다시 시작하는 끝』)처럼 자신의 의지와 무관하게 선거 유세장에서 사건에 휘말리게 된다. 상황을 변화시키려는 인물이 아니라 상황 속의 인간상이라는 관점은 조갑상의 소설에서 유력하다.「1972년의 교육」은 이야기의 시간을 생각할 때에「그해 봄을 돌이키는 방법에 대해」와 이어진다. 후자에서는 연상의 여성과 진행한 사랑의 성취를 위하여 대학을 졸업하고 장교를 선택하였으나 전자는 일반병으로 입대한 뒤 월남에 참전할 파월교육대에 있는 모양새다. 또한「거세된 사랑」(『길에서 형님을 잃다』)은 고교를 졸업하고 군에 갔다 월남전에 차출되어 부상을 입고 돌아온 이야기를 담는다. 한편「병들의 공화국」(『다시 시작하는 끝』)은 파월교육을 받다 파월명령이 갑자기 취소되는 바람에 보충대에서 대기하다 원대 복귀 없이 예비군 교육대로 배속된 병들의 이야기이다. 하사들의 집단 지배를 물리친 뒤에 '병들의 공화국'이 된 내무반에서 벌어지는 권력 관계와 돈의 문제를 다루었다. 전지적 작가 시점이나 설명을 줄이고 장면의 제시를 통하여 객관 서술을 유지하려는 경향이 큰데 따지고 보면 이 소설은 「1972년의 교육」의 후속편에 해당한다. 말하자면 전편을 나중에 쓴 셈이다. 「1972년의 교육」은 파월 교육대에서 유신 헌법 국민투표를 앞두고 전개한 정훈교육에서 시작한다. 군인의 참정권을 회수하려는 강제와 자유로운 권리 행사로 직면할 수 있는 공포가 학습된다. 폭력적이고 부조리한 사태는 파월명령 취소와 더불어 참전 봉급을 전제로 그동안 사용한 외상(마이가리)의 문제로 더욱 가중하는데 군대 내부와 군대 밖의 체제가 연속성을 지니면서 사회가 군대와 다를 바 없음을 지시하려는 의도가 있다. 앞선 「병들의 공화국」보다 「1972년의 교육」은 설명이나 요약을 더욱 줄이고 대화를 통한 장면 제시로써 서술을 전개한다. 집합적 인물들을 등장시켜 군대와 사회의 단면을 그대로 보여주려는 작가의 의도가 반영되었다.

「1972년의 교육」은 국가기구인 군대가 억압과 폭

력으로 관리되는 방식을 말하면서 병영사회가 되고 있는 유신체제를 우회한다. 조갑상은 「방화」(『다시 시작하는 끝』)와 같은 성장 소설에서 보인 일탈적 저항을 제외하고 사회와 제도를 넘어서 개인의 자유를 실현하는 의지적 주인공의 불운이나 비극을 이야기하지 않는다. 이보다 가족과 사회 나아가서 국가의 역장 안에서 살아가는 사람들의 구체적인 표정을 말하고자 한다. 즉 개인이 아니라 개별 인생에 관여하는 제도와 권력의 비합리성과 부조리에 더욱 주목한다. 따라서 그의 소설에서 이곳과 다른 세계에 관한 서술은 찾기 힘들다. "조갑상의 소설은 문제적인 현실과 현시점에 맞서는 그런 대결적인 이야기라기보다는, 사건이 완료된 시점에서, 자신의 의지와 무관하게 벌어졌으면서도 그 사람의 현실에 개입하려 드는 어떤 힘의 실체가 무엇일까 하는 의문을 곱씹는, 그런 회상적 반추의 문법을 즐겨 취한다"(김경수, 「막연하면서도 구체적인 일상」, 『테하차피의 달』)라는 김경수의 지적은 적절하다. 물론 소설은 본디 어떤 목적을 달성하는 영웅의 이야기가 아니다. 조지프 엡스타인이 말하듯이 소설은 "인생이 그들[인물들]의 숙명을 어떻게 다양한 방식으로 복잡하게 만드는가"(『소설이 하는 일』)에 관한 이야기이다. 조갑상은 자기 이상을 추구하면서 세계와 격절하고 모험하며 좌절하는 인물을 그리기보다 주어진 상황 속에서 전개되는 복잡하고 다양한 삶의 양식을 구체적인 세목을 좇아서 해석하려는 경향을 지닌다. 그렇기 때문에 그는 있는 그대로의 사건을 서술하려 한다. 어떤 원인을 전제하고 시작하거나 필연적인 결말을 맺으려 하지 않는다.

"기상! 기상! 불침번이 소리쳤다. 어느 한쪽에서는 바로 인기척이 났지만 대다수 대원들은 여전히 구덩이처럼 깊고 돌덩이처럼 무거운 잠에 빠져 있었다."라는 구절로 시작하는 「이름 석 자로 불리던 날」은 부랑인을 격리하여 수용한 "소망복지원"에서 어느 하루 "62번" 수용자가 사망하는 사건을 다루고 있는데 "박진호"라고 "죽어서 이름 석 자로" 불리는 참혹한 현실을 고발한다. 이는 군대 병영이나 보도연맹원을 가둔 창고와도 다르다. 특히 「사라진 하늘」(『다시 시작하는 끝』)에서 시작하여 「어느 불편한 제사에 대한 대화록」(『테하차피의 달』)을 경유하여 장편 『밤의 눈』으로 정점을 찍고서 다시 「해후」(『병산읍지 편찬약사』), 「병산읍지 편찬약사」(『병산읍지 편찬약사』), 「물구나무서는 아이」(『병산읍지 편찬약사』) 등을 거치면서 『보이지 않는 숲』에 도달한 국가폭력(genocide) 탐구의 성과에 바탕한 지평의 확대라는 점에서 「이름 석 자로 불리던 날」을 들여다보게 한다. 소설 속의 "소망복지원"은 실재한 부산의 '형제복지원'에 다름이 없다. 1987년 민주화 과정에서 수면 위로 떠오른 소위 '형제복지원 사건'은 그동안 『숫자가 된 사람들』(2015), 『살아남은 형제들』(2021) 등의 생존자 구술 증언집으로 구체적인 실상이 어느 정도 드러났고 이를 심층 취재해온 박유리가 장편 『은희』(2020)를 간행하는 한편 『고립된 빈곤』(2024)이라는 '형제복지원, 10년의 기록'을 발간한 바 있다. 형제복지원 사건은 1975년부터 1987년까지 12년 동안 무려 5만 명이 넘는 사람이 강제로 감금당했고 그중 무려 657명이 사망한 일상적인 인권 유린과 폭력이 자행된 수용소의 존재를 의미한다. 부랑인으로 분류되어 수용소에 격리된 사람들은 국민에서 배제된 '벌거벗은 존재'들이다. 조갑상은 구술증언집을 참고하면서 이 수용소에서 단 하루에 벌어진 폭력적 사건을 포착하여 「이름 석 자로 불리던 날」로 재현하였다.

「이름 석 자로 불리던 날」에서 수용소의 관리체계는 군대조직에 따른다. 원장 아래에 중대와 소대가 있고 소대원은 군번 대신 번호를 부여받으며 직책에 따른 위계가 존재한다. 소대에는 총무와 조마다 조장이 있으며 모든 일정이 군대식으로 진행되는데, 식사와 구보, "철공장과 목공장, 신발공장과 채석장"에서의 노역과 교육 그리고 체벌이 반복한다. 구보 때에 쓰러진 "62번" 대원이 죽자 총무와 종교부장은 책임을 물어 매우 참혹한 폭력을 당하게 된다. 소설은 전지적 작가 시점이면서 그 초점을 이들에 둠으로써 외부 국가기관의 비호 아래 기독교의 신정 질서를 구축하고 사회 정화의 이름으로 부랑인의 몸을 소모하는 죽임의 체제를 제대로 경험하고 관찰하게 한다. 또한 설명을 피하고 행위의 장면을 묘사함으로써 객관적 사실을 제시하고 있다. 특히 후반의 결말을 향하면서 군부독재의 국가체제가 수용소의 기독교 신정체제와 서로 보완하는 관계를 형성하고 있음을 서술하고 있어 의미심장한 문제를 제시한다. 이처럼 「이름 석 자로 불리던 날」은 국민과 비국민, 정상과 비정상, 선과 악 등의 이분법에 기반한 이데올로기와 폭력적 지배가 국가기구에 의하여 지원되고 온존하며 "견고한 수용소"로 거듭나는 사태를 카메라의 눈으로 보여주고 있어 읽는 이를 충격한다. 「도항」과 같이 역사적 사실의 소설화라는 계보를 이으면서 작가가 지속적인 관심을 기울여 온 주제인 국가폭력의 대상을 확장한 의도를 반영한다. 다만 이를 다시 장편으로 확대하려고 한다면 등장인물은 자연스럽게 살아남은 자가 증언하는 방식이 되어야 할 것이다.

질 들뢰즈는 "현대소설은 가장 추상적인 성찰뿐 아니라 실제적인 기법에까지 차이와 반복의 주위를 맴돈다"(『차이와 반복』)라고 하였는데 이는 한 작가의 경우에도 해당하는 일이다. 조갑상의 소설쓰기에서 차이를 만드는 반복은 가족서사, 성장서사, 국가폭력을 담은 국민서사 등 여러 형태에서 나타난다. 앞에서 말했듯이 기본서사(master plot)인 가족서사는 대부분의 소설에서 플롯 형성의 벡터로 작동한다. 첫 소설집과 둘째 소설집의 표제작인 「다시 시작하는 끝」이나 「길에서 형님을 잃다」는 모두 가족서사이다. 가족 관계 안에서 형성하는 성장서사는 넓은 의미에서 가족서사에 포함된다. 식민과 제국 사이의 사건을 다룬 「도항」조차 가족서사의 장력을 벗어나 있지 않다. 세 권의 장편을 구성하는 기본 얼개도 마찬가지인데 그만큼 조갑상의 소설은 가족 문제를 중심에 두고 삶을 사유한다. 「현수의 하루」는 주인물인 '양현수'의 하루에 어떠한 가족관계의 중력이 작용하고 있는지를 보여준다. 팬데믹 상황의 감염 경보가 간간이 뜨는 속에서 아픈 아버지의 진료를 돕고 입원한 아내를 염려하며 부친 소유의 아파트에서 자신의 지분을 미리 나누어 주기를 바라는 막냇동생을 만나고 결혼한 딸의 임신 소식을 듣는 등의 일을 하루 동안 겪으면서 주인공의 마음에 죄의식과 연민 그리고 슬픔과 기쁨이 뒤섞이는 진정성의 과정을 서술한다. 낱낱의 사소함에 심각한 사연들이 엉켜드는 가족문제의 단면을 그리고자 하였다. 「두 여자를 품은 남자 이야기」는 아내를 잃고서 탈북 사촌 처제와 재혼하는 남자 이야기인데 미국과 남북을 연계하는 한민족 디아스포라의 특수하고 흥미로운 사건을 서술하였다. 가족서사를 매개로 독특한 제재를 취득하여 전망을 확대하려는 의도를 내포한다. 이와 같은 일을 그동안 조갑상은 여행서사를 통하여 전개하기도 하였다. 가령 산행을 하면서 중국여행 이야기를 중첩하여 솜씨 있게 서술한 「중국산행」(『길에서 형님을 잃다』)이 그렇다.

　「여러 노래가 섞여서」는 "학술과 예술단체, 해외이주재단 외에도 고려인과 관계된 단체들이 연합한 행사"로서 연해주에서 중앙아시아로 이주한 고려인의 발자취를 따라가는 "고려인 이주 70주년 시베리아 횡단열차" 여행 중에 고려인 "신 세르게이", 월남인 "한만기", "최 교수", 시인, 여성, "김 이사"를 위시한 주최 측 인사 등 이질적인 사람들이 서로 다른 노래를 선호하듯이 여정을 따라서 다양한 생각과 느낌이 함께 섞이고 부딪히고 교차하며 휘말리는 과정을 서술한다. 삼인칭 전지 시점이지만 대체로 "안상일"이라는 인물에 초점을 두고 대화와 행동이 흩어지지 않고 모이게 하였다. 소설의 제목은 '신 세르게이'의 말에서 유래한다. 그는 "우린, 여러 노래가 섞였습니다. 민요부터 일제 때 유행가도 부르고, 뒤엔 이곳에서 노래를 지어 불렀는데 종류가 많습니다. 당연히 러시아 노래도 부르는데 러시아 말 그대로거나 번역해서 불러요. 그리고 북한에서 들어온 노래가 있고, 팔팔 올림픽 뒤론 한국 노랩니다."라고 하였는데 소설은 가치와 이념, 취향과 지향의 차이들이 여러 경로를 지나고 부대끼면서 공통감각으로 모이는 양상을 보여준다.

3.

헨리 제임스는 "정성껏 요리하는 것, 이것 말고 다른 조리법은 없다."라고 소설의 방법을 은유하였다. 소설쓰기의 왕도는 없다. 앞선 모든 장르를 자기 것으로 만들고 삶의 모든 국면을 모두 다룰 수 있기 때문이다. 작가는 소설의 방법을 통하여 자신의 생을 가꾸어 가는 사람이며 경험과 기억을 바탕으로 최선의 인물들을 만들고 서술하는 과정에서 자기 성취를 이룬다. 조갑상의 다섯 번째 단편집 『도항』에 실린 일곱 편의 단편소설은 서로 다른 방법을 보여주고 있는

데 특히 「그해 봄을 돌이키는 방법에 대해」를 접하면서 '그는 왜 소설가가 되었을까'라는 의문을 갖게 되었다. 그래서 은근히 「방화」나 「거세된 사랑」과 같은 초기 성장소설을 다시 읽을 수 있었다. 또한 한편으로 자전적인 장편 교양소설에 관한 기대를 품었다. 이는 장편 『누구나 평행선 너머의 사랑을 꿈꾼다』에 대한 불만을 포함한다. 헤르만 헤세의 『데미안』을 읽던 청소년이 안톤 체호프의 단편소설을 읽으면서 자기 소설을 연마하는 과정을 구체적으로 이야기해 주기를 기대해 본다. 단지 어긋난 사랑 탓만 아니라 가족사적인 요인은 없었을까라는 의문도 갖는다. 하지만 이 같은 동일시의 독법은 단편소설 서술미학의 경계를 형성한 작가에게 누가 될 수도 있다. 많은 시간을 두고 전작을 읽었지만 아직 작가론의 문은 제대로 채 열리지 않았다.

작가의 말

 지난 몇 년간 발표했던 단편들을 모아 다섯 번째 소설집을 낸다.
 작품을 한 편씩 쓰고 발표할 때는 몰랐는데 책으로 묶고 보니 1945년 해방부터 최근의 팬데믹에 이르는 긴 시간이 담겨 있다. 그동안 내 관심사가 어디 있었는지를 한눈에 볼 수 있어 조금은 조심스럽기도 하다.
 소설은 지금 일어나고 있는 이야기보다는 일어났던 이야기를 다룬다. 이야기의 기초를 소재라고 부른다면 소재와의 만남에는 어떤 동기가 작동하는데 거기에는 현재 시간, 현실이 관여한다. 지금의 상태가 자극을 주어서 그때 이야기를 한다는 것이니 어제와 오늘은 서로 통해서 작품의 현재성을 마련해준다. 작품들을 다시 읽으면서 만만찮은 현실을 살고 있다는 사실을 새삼 알았다.

등단한 지 어느덧 사십 년이 지났다. 경기는 잘 안 풀리는데 전광판의 종료 시간만 보며 초조해하는 운동선수의 심정이다. 휘슬을 불 사람도 나 자신일 테니 힘을 모아볼 수밖에 없겠다.

해설을 맡아준 구모룡 교수에게 감사드리며, 기꺼이 출판을 맡아준 산지니 가족들께도 고맙다는 인사를 전한다.

2025년 여름에
조갑상

수록작품 발표지면

「도항」 문학/사상, 2024년 9호
「그해 봄을 돌이키는 방법에 대해」 좋은소설, 2022년 가을호
「1972년의 교육」 문학무크 소설, 2019년 상반기
「이름 석 자로 불리던 날」 작가와 사회, 2023년 봄호
「여러 노래가 섞여서」 좋은소설, 2018년 봄호
「두 여자를 품은 남자 이야기」 사현금무크1, 2017년
「현수의 하루」 창작과 비평, 2021년 여름호